別れた御曹司と再会お嫁入り

～シークレットベビーの極甘パパは溺愛旦那様でした～

m a r m a l a d e b u n k o

秋花いずみ

marmalade bunko
マーマレード文庫

目次

別れた御曹司と再会お嫁入り
～シークレットベビーの極甘パパは溺愛旦那様でした～

別れた御曹司と再会お嫁入り

～シークレットベビーの極甘パパは溺愛旦那様でした～

プロローグ

その日は私が勤める会社に来客があるということで、いつものようにお茶を用意して社長室に向かっていた。

いつもと同じ、変わらない日常。あっ、でも、一つだけ違うのは、私の人生で何よりも大切で愛おしい子どもの誕生日ということだ。

日頃から寂しい思いや我慢をいっぱいさせているから、今日は思いっきりお祝いしてあげようと今からワクワクしていた。

そんなことを考えながら私は木製のドアを三回ノックして「失礼します」と声をかける。

そして、社長室に入り、来客用のソファに座っていた男性にお茶を出そうと視線を移した。

だけど彼を見た途端、私は持っていたトレーを落とし、絨毯《じゅうたん》をお茶で思い切り汚してしまった。

どうして……どうして彼がここに……！

私が取り乱したのは、もう会うはずがないと……絶対に会うことはないと思っていたあの人が目の前にいたからだ。

四年前に別れた最愛の恋人、青柳駿《あおやぎしゅん》。

彼は今日、三歳の誕生日を迎える最愛の息子の父親。でも、それを絶対に知られてはいけない人。

その人が、私の目の前にいる。

あの頃と変わらない、慈愛たっぷりの温かい眼差しを私に向けて――。

第一章

私、宇野真央《うのまお》は、七年前に身も心も全てを捧《ささ》げてもいいと思えるほどの人と、恋に落ちた。

幼少の頃からよく言えば穏やかで清楚《せいそ》。だけど、悪く言えば引っ込み思案で地味なタイプだった私にとって、その人との出会いは今まで真面目に生きてきた私に、神様が贈ってくれたプレゼントだったんじゃないかと思えるほど。

その人と初めて会ったのは大学一年生の時だった。上京してからできた友達に誘われて入ったテニスサークルに、彼はいた。

名前は青柳駿。体育会系サークルのメンバーにしては線が細くて色白な彼には、中性的な魅力があった。

柔らかそうな茶色い髪に、綺麗《きれい》なアーモンドの形をした目。スッと整った鼻筋に薄い唇ときめ細かな肌は、女の私よりもずっと綺麗だと思った。

思わず我を忘れて見とれていると、私の視線に気付いた彼は人懐っこい笑顔を向けてくれた。

その笑顔に惹《ひ》かれ、緊張しながらも初めて言葉を交わした。

イケメンなのに気取らない彼には、男性にあまり免疫《めんえき》がない私でもすぐに打ち解けることができて、会話も意外なほど弾んだ。

そんな駿は、私と同じように友達に誘われて、このサークルに入ったのだと言っていた。最初は同じ境遇だということで話が合った。

「テニスサークルなんて自分には似合わないし、場違いかなとか思っていたから。同じような人がいてよかったよ」

「うん、私も……青柳君がいて本当によかった」

それから価値観が似ていた私達はすぐに意気投合し、いつしか会えば二人きりで話し、盛り上がることが多くなっていった。

また、私達には目立つことが嫌いだという共通点もあった。それもあり、駿はことあるごとに、自分達はよく似ていると言っていた。

だけど私からすれば、彼には私と違うところがたくさんあった。

彼は周囲をよく見ていて、細かなことに目が届く気遣いができる人だ。困っている人がいると真っ先に手を差し伸べるし、サークルの輪が乱れないように自分のことよりもまず周りの人を優先する。

彼はいつも優しく穏やかな雰囲気をまとっていて、私はそんなところが大好きだった。だから、意外な事実が発覚した時は本当に驚いた。駿の友人から聞いた話では、彼は大手家具メーカーの御曹司だという。

でも、彼は自分がお金持ちだということを鼻にかけることもなく、誰にでも対等に接していた。聞かなければ、御曹司だとは気付かないくらい普通の感覚を持った人だ。

美形で性格もいいお金持ち。そうなるとサークル内ではモテそうなものだけど……このサークルで、彼はあまり注目されていなかった。運動系サークルにはガタイのいい男性が多い。出会いを求めてサークルに入ってくる女性メンバーからすれば、中性的なルックスの駿は異性として少し頼りない感じに思われたみたい。

だけど、私は穏やかな雰囲気の彼の隣が居心地よく、気付いたらいつも目で追っていた。私は駿のことを好きなんだ……と自覚するのに、時間はかからなかった。

でも、私は特別、目が大きいわけではなく、鼻も口も小さめ。どちらかと言うと小動物系の顔をしている、黒髪ストレートの地味なタイプだ。駿と釣り合うのは、もっと明るくて可愛い女の子だろうと思い『女子の中では仲がいいサークル仲間』というポジションをキープしていた。

恋心が伝わることで、この心地よい関係が崩れてしまうことが怖かったから。

彼は人の輪の中に入るのが苦手な私のそばにいて、いつも手助けをしてくれた。彼のおかげで私の大学生活はとても充実したものとなっていった。

それだけでも充分幸せだったのに、彼はそれ以上の幸せを私に与えてくれた。

私が熱い思いを秘めて彼を見つめていた時、駿もまた同じ思いで私のことを見てくれていたのだ。

告白をしてくれたのは、駿からだった。サークル活動の帰り、帰る方向が一緒だった私をいつものように送ってくれていた時だった。

「真央、俺と付き合ってくれないかな?」

夜の街灯に照らされた彼の表情はとても気恥ずかしそうだった。

その懇願《こんがん》するような熱い目でじっと見られた私は、今この状況が夢なんじゃないかと疑ったくらいだ。

「私のこと……好きなの?」

好きな人に好きと言われるこんな奇跡みたいなこと、今まで経験したことがなかった。聞き返してしまう私に駿は真っ直ぐな瞳を向けてくれた。

「ああ。真央のこと、サークルで出会って一緒にたくさん話をして、こんなにも話が合って楽しい時間を共に過ごせる子がいることに感激したんだ。気付いたら好きになってた。俺のこと嫌いじゃないなら……」

「き、嫌いじゃない！　好き！」

咄嗟《とっさ》に本心が出てしまったことに気付き、私は恥ずかしくてたまらなくなって、両手で顔を覆ってその場にうずくまった。こんなところで恋愛経験ゼロなところが発揮されてしまい、逃げたくなるほど恥ずかしい……！

なんて情けない告白の返事をしてしまったんだろう。駿、絶対に呆《あき》れているだろうなと思っていたら、聞こえてきたのはクスクスと笑う声だった。

「ハハッ。俺達、両想いだったんだ。よかった……嬉《うれ》しいよ」

顔を真っ赤にして、駿は私の返事を喜んでくれていた。そんな彼のリアクションに私は恥ずかしいよりも嬉しい感情の方が勝り、じわじわと両想いの喜びが溢《あふ》れてくる。

「うん……私も嬉しい」

そう言った私に駿は優しく手を差し伸べてくれた。しゃがんでいた私はその手にそっと触れた。

繋《つな》がれた手はお互い汗をかいていて、苦笑いをしてしまった。

それから、彼とのゆっくりとした恋人関係が始まった。

お互い初めての恋愛だったから、無理に背伸びをせずに、少しずつ距離を縮めていった。

何もかもが初体験の私達の恋愛は、なかなか進展しなかった。だから、サークル仲間からも『付き合っているの？』なんて聞かれない。

周りは私達が恋人同士だとは気付かなかったのだろう。

目立つことが嫌いで、このお付き合いを公言しなかった私達には、この程度のゆっくりさがちょうどよかった。

とはいえ、休日は二人でお買い物や映画に出かけたり、海の生物が好きな駿のために水族館に行ったりもした。

付き合って三ヶ月記念の日は遊園地に行って、観覧車の中で初めてのキスもした。

けれど、駿はそれ以上のことを強引に求めてこなかった。彼が私を大切にしてくれていることはわかっていたけれど、ちょっと寂しくも感じていた。

私って女として魅力がないのかな？と悩んだ時もあったけれど、駿はいつも私との時間を優先してくれるし、何よりも大事にしてくれる。

だから、その時がきたらためらわずに彼を受け入れよう、そう思っていた。

そんな彼との付き合いは大きなトラブルもないまま三年という月日が過ぎた。

季節は夏。連日ニュースで猛暑と報道されるくらい暑い日のこと。

駿との関係は良好なまま過ぎており、今日も大学のカフェテリアで二人でレポート課題をやっていた。

そして「一旦、休憩にしよう」と言った駿は私にスマホを見せてきた。

そこにはある観光名所が映し出されていて、彼は私の顔を覗《のぞ》き込む。

「真央、今度の休みなんだけど、よかったらここに一泊旅行しないか？」

「えっ、一泊旅行……？」

駿が見せてくれたのは、真っ青な海が広がる海水浴場だ。

「うん、二人だけでさ。俺の短期留学の前によかったら一緒に行かないか？」

今まで、旅行はサークルのメンバーとしか行ったことがなく、二人きりのお泊まりはなかった。

夏休みに入ると経営学を専攻している駿は三ヶ月間、アメリカに短期留学に行ってしまう。保育学科を専攻している私も夏休みはみっちり実習がある。

夏休みは会えないなぁと残念に思っていたから、この提案は心の底から嬉しかった。

「うん！　行きたい！」

「よし、決まり。じゃあホテルの予約しておくから」

ホテルといわれ、心臓が思い切り高鳴った。そっか……旅行に行くんだから、ホテルに泊まるのは当たり前だよね。

駿と初めての一泊旅行……いろいろと想像しちゃって、勝手に顔が熱くなっていく。火傷しちゃうんじゃないかってくらい熱くなっているから、私の顔が赤いこと、駿にはバレているだろう。気のせいじゃなければ、駿もほんのりと頬を染めている。

「楽しみにしてるね」

私は彼の気持ちに応えるため、そう言うのが精一杯だった。

旅行当日、その日は雲一つない快晴だった。気温は猛暑と言われるくらい暑かったけれど、海に入れると思ったらこの暑ささえもモチベーションアップに繋がる。

私が一人暮らしをしている家まで駿は車で迎えに来てくれた。この車は家にいくつかあるうちの一台らしくて、駿が運転しやすい国産車に乗って来たと言っている。

つまり、駿の自宅には車が何台もあって、しかも外国車まで揃《そろ》っている、ということで……一般家庭では考えられないことだ。やっぱり住む世界が違う人なんだなとしみじみ感じてしまう。

普段の駿は、私と同じように一般的な価値観を持ち合わせている。

そのせいか、彼の家の話題が出るまで駿が御曹司であることを忘れてしまう。だから、余計にそう感じるのかもしれない。

「今日、晴れてよかったね。せっかくの旅行なんだから、思い切り楽しもう」

駿は運転をしながら空を見上げてそう言った。私も浮かれる気持ちを隠せなくて、思いっきり笑顔で応える。

「うん、初めての二人だけの旅行だもんね。忘れられないくらい最高の思い出を作りたいな」

そんな会話を車の中で交わした。実家暮らしの駿が、一人暮らしをしている私の家に遊びに来ることは何度かあった。けれど、そのまま泊まっていくことは一度もなかった。

彼が帰っていく後ろ姿を見送るたび、寂しい気持ちになっていた。だけど、今日は初めて朝まで一緒にいられる。

きっとこの先、楽しいことしか起こらない気がする……そんな気持ちのまま旅行が始まった。

車は渋滞にはまらず、スムーズに進んで都心から一時間半ほどで今回の目的地である逗子《ずし》海岸海水浴場に到着した。

はるか遠くまで広がる海水浴場の波は穏やかで、小さな子どもを連れたファミリーが多かった。一方、波打ち際から少し離れた砂地に並ぶにぎやかな海の家には、私達と同じくらいの若い子達がたくさんいた。

ホテルに着いた私達は早々にチェックインをして荷物を預けた後、水着やタオルなど必要な物だけを持って海に向かった。

今日用意した水着は、駿が好きな水色を基調としたギンガムチェックだ。だけど、スタイルに自信がない私はタンキニタイプの水着を選んでしまった。

上がキャミソールになっていて、下はショートパンツ。水着よりも洋服に近いけれど、キャミソールとショートパンツの僅《わず》かな隙間からお腹が見えているし、キャミソールの紐《ひも》は細いから鎖骨や二の腕も堂々と出てしまっている。

体型を隠す服装を好む私からすれば、かなり露出した方だと思う。だけど、海の独特の香りが漂う更衣室で目にした若い女性達は、ほとんどがビキニだった。黒色や花柄のビキニを着た女性達は、豊満な胸やお尻を強調している。

駿もこういう水着の方を見たかったかな……と今さらながら考えた。

いや、でも今の私じゃこれが精一杯だ。駿には申し訳ないけれど、この姿で我慢してもらおう。

そんなふうに思いながら更衣室を出ると、すでに着替えを終えた駿が外で待ってくれていた。

「真央、こっち」

太陽の下で手を振って私の名前を呼ぶ彼の姿に、心臓があり得ないくらい跳ね上がる。抱きしめられた服ごしに、何度も彼の筋肉を感じたことはあった。けれど、想像以上に逞《たくま》しい彼の裸の上半身を目の当たりにして、私は「うわぁ……」と独り言を言ってしまった。

彼の、細いけれど均整の取れた体型とほどよくついた筋肉を見た私は、一瞬で汗が噴き出てきてしまう。

「お、お待たせ……」

そして自分の上擦ってしまった声を耳にして、まるで初めてデートをした時の自分を再現しているみたいだと思った。

そういえば初めてのデートの時は、緊張しすぎて全然眠れなかったし、服やメイクも直前になっておかしいんじゃないかと不安になっちゃって何度も着替えたりとかして、遅刻しそうになったな。

あの時と同じくらい緊張してドキドキが止まらないでいる私のそばまで来ると、駿は私を上から下までじっくりと見始めた。

そしてたっぷり私を目で堪能した後、にっこりと嬉しそうに微笑んだ。

「うん、可愛い。真央らしい水着だね」

腕組みをして、満足気に駿は言う。だけど、海に来たのだからもっと水着っぽい方がよかったんじゃあ……とひっかかり、私は恐る恐る質問をした。

「は、肌の露出が少ないとか思わないの？」

「そこはちょっと残念だけど。でも他の男に真央の肌を見られることを考えると、このくらいでよかったよ」

首を傾けて堂々と言うその姿に、顔が熱くなっていく。だけど、この水着で正解だったことにホッとして、ふうっと息を吐いた。

「そうそう、泳げない真央のために、浮き輪に空気も入れないとね」

いたずらっぽくそう言った駿は、まだ空気の入っていない花柄の浮き輪を私に見せた。

「全く泳げないんじゃなくて、あまり泳げないの！」

「ハハッ。それでも浮き輪は必要だな。まあ、溺れたらすぐに助けに行くけど」

駿が泳げないって話は聞いたことがなかったから、これは私のために持って来てくれたのだろう。彼の温かい気遣いに、自分の水着姿ばっかり気にしていたことをちょっと反省しなきゃなと思った。

私達は海の家でパラソルを借りると、二人で休めるスペースを探して歩き始めた。

見渡せばファミリーが多くて小さな子ども達がお母さんと一緒に砂遊びをしていたり、お父さんと一緒に浮き輪を使って楽しそうに泳いだりしている。

子ども達の弾けた笑顔と明るい声を聴き、私は自然と笑みがこぼれる。

可愛いなぁと眺めていたら、その周りには私達と変わらないくらいの年頃のグループがいたり、恋人同士で遊びに来ていたりする人もいた。

恋人達はパラソルの下でサンオイルを塗り合ってイチャイチャしているし、今にもキスをしそうな距離で会話をしている。

海という場所は開放的になるのか、結構密着しているカップルが多くて、目のやり場に困った。

「あっ、真央。あそこにちょうどいいスペースが空いてる。あそこにしよう」

私がそんなことを思っている中、駿は真面目にパラソルをさすスペースを探してくれていた。

「本当だ！　すごくいいところ！」

海にほどよく近くて、周りはファミリーや若いグループが多い場所なので、落ち着いて休憩できそう。

駿は私のために浮き輪を用意して、パラソルのスペースも見つけてくれた。海に来てから全然役に立っていない自分が恥ずかしくなってくる。

それに周りのカップルばかり見ていないで、せっかくの旅行なのだから二人きりの時間をもっと楽しまなくちゃ。

「よかった、いいスペースがあって。今まで歩いて来たところは、目のやり場に困る人達が多かったから……この辺りはファミリーが多いから安心して休憩できるね」

駿が肩をすくめながら苦笑いをしている。あっ、駿も同じことを思っていたんだ……と気付き、笑いが込み上げてきた。

「私もそう思ってた」

「やっぱり？　困るよな、ここは公共の場なんだから、節度を守ってもらわないと」

照れたような表情の駿を見て、ますます笑いが止まらない。クスクスと笑う私を、駿は拗《す》ねた顔をして見てきた。

「真央、笑いすぎ」

「だって、照れている駿が可愛くて。純情なんだね」

私も気持ちが開放的になったのか、つい思ったことを口に出してしまう。自分のことを棚に上げて、ついからかってしまった。それに男の人に可愛いなんて褒《ほ》め言葉じゃないよね。

一瞬、無口になった駿はパラソルを砂浜にさすと、私の顔色を窺《うかが》うような目で見てきた。

「真央はああいうことしたいの？」

「えっ！　そ、そんなわけないじゃない！」

駿に試されるようなことを言われ、一瞬で顔が真っ赤になった私。肩が上がり、手で力強くこぶしを作ってしまう。

「よかった、そう言ってくれて。ああいうのは……二人きりになってからだよな」

駿はやれやれといった感じでパラソルを広げると、その場にレジャーシートを敷き、淡々と寛《くつろ》げるスペースを作ってくれる。

私はさっきの駿の『ああいうのは……二人きりになってから』という言葉で頭がいっぱいになった。いろいろな想像が膨らんでしまい、自分がとても卑猥《ひわい》な人間に思えてくる。

「ねぇ、駿！　早く泳ぎに行こう！」

そんな妄想を消したくて、一刻も早く海に入ろうとした。この上がってしまった熱を下げたかった。だけど、駿はまだ空気の入っていない浮き輪を持ってこう言った。

「ダメだよ。真央はこれがなくちゃ危ないだろう？　今から空気を入れるから待って
て」

「ありがとう……」

私がお礼を言うと、駿は嬉々《きき》とした表情で浮き輪に空気を入れ、私に渡してくれた。

砂浜は素足にはとても熱く、それだけで顔を見合わせて笑ってしまうこの開放感がすごく楽しい。少し生ぬるい海に恐る恐る足をつけると「わあ！」と言って駿が後ろから私を驚かせた。私は思わず「きゃあ！」と思い切り叫んでしまった。

怖がっている私にいたずらをするなんて、駿にしては珍しい。そんな彼にちょっと怒ったりして、いつもと違う特別な時間を過ごしていることを感じる。

それから私は太陽の日差しをじりじりと浴びながら、浮き輪を使って穏やかな波に揺られた。

泳げる駿は浮き輪に両腕を置いてそこに顎《あご》を乗せ、真正面から私を見ていた。優しい笑みを浮かべ、私を慈しむように見つめる駿。その瞳に無性に気恥ずかしさが込み

上げてきて、私は顔を熱くしながら口を開く。

「ど、どうしたの？　そんな急に見つめたりして」

「んー。こうして真央とゆっくりしている時間が幸せだなーってしみじみ思ってた」

「やだ、何それ。なんだか熟年夫婦みたい」

駿の意外な言葉に、噴き出して笑ってしまう。だけど、駿は笑みを絶やさずに私を見ていた。

「俺、真央がそうやって楽しそうに笑っているだけで、すごく幸せ。いつまでもずっと笑顔のまま、俺のそばにいてね」

彼の突然の発言にうまく言葉が返せず、無言になってしまう。そんな私の様子に今度は駿が我慢できずに噴き出した。

「ハハッ！　真央、顔が真っ赤！」

「だ、だって……駿がいきなり意味深なことを言うから！」

ずっと俺のそばにいてね……なんて、まるで将来の約束をされたみたい。

駿はそこまで考えていなかっただろうけど、脳内がお花畑状態の私は都合のいい解釈をして、実現するかどうかもわからない二人の未来を想像してしまう。

そう、例えば結婚式を挙げる駿と私とか……。

いやいや、まだ大学生なのにそんな未来のことを考えるなんて。きっと駿も、そんな深い意味で言ったのではないはず。それなのに、ずっと幸せそうな表情で私を見てくれるから、本当に勘違いしてしまいそう。

「駿、さっきから見つめすぎ……」

「うん、真央が可愛いから」

やっぱり今日の駿はいつもと違ってちょっとおかしい。いや、おかしいんじゃなくて浮かれているのかな。

それなら、私も一緒。この旅行をフワフワと夢心地で楽しんでいる。

ずっとこの幸せが続けばいいのに……そんなことを思っても、楽しい時間ほどあっという間に過ぎてしまい、ホテルの夕食に間に合うギリギリの時間まで私達は海を楽しんだ。

かなり体力を消耗してしまったけれど、心も身体も心地よい疲労感だ。駿もそうなのか、身体は疲れているはずなのに声も表情も明るい。

私達は海の家のシャワーで海水を落とし、服に着替えてからホテルに向かった。夕食はホテルのビュッフェ形式だから、荷物をフロントのカウンターに預けてからビュッフェの会場に行く。

会場は最上階のレストランにあり、全面ガラス張りから見る夕焼けの景色はとても美しい。各テーブルには海で遊んだ後の家族連れもいれば、何かのお祝いで来ているのか、おしゃれな服装をしている人達もいる。そして空腹を刺激するいい香りが会場中に充満していて、今にもお腹の虫が鳴りそうだ。

ビュッフェ式の料理は、カウンターにいるシェフがローストビーフを切り分けたり、カットした牛肉を熱い鉄板の上で焼いてくれたり。産地直送のみずみずしい野菜もたくさんある。

さらに注文してから職人が握ってくれるお寿司もあり、お寿司が大好きな私は新鮮なお刺身にくぎ付けになってしまう。

「美味しそう……！」

興奮して独り言を言う私を見て、駿はおかしそうに笑っていた。

「いっぱい食べような」

「うん！」

弾けた笑顔でそう返し、私はお腹がはちきれそうになるまでビュッフェを堪能した。

そしてフロントで預けていた荷物を受け取り、私達は二人で泊まる部屋に初めて足を踏み入れる。

「どう？」

先に部屋に入った私に、駿は後ろから様子を窺うように声をかけてくる。

私は感激のあまり、駿の問いかけにすぐに答えられないでいた。

「……す、すごいよ……こんな豪華な部屋……本当に泊まっていいの？」

「もちろん。真央と思い出に残る時間を過ごそうと思って、取ったんだから」

震える声で問いかける私に、駿は私のリアクションが嬉しかったのか、弾んだ声で応えてくれる。

部屋に入ると、そこには木の温もりを感じられる調度品が揃っていて、とても落ち着いた空間が広がっていた。部屋中に広がるヒノキの香りはリラックス効果満点で、まるで別世界に来たような、そんな感じがする。

リビングルームには足を伸ばして寛げそうな三人掛けのローソファがあり、壁全面がガラス張りの景色からはこのホテルの庭園が見え、心も身体も癒されそうだ。

リビングの奥の部屋に続くとてもおしゃれな木組みの引き戸に目を向けていると、それは三《み》つ組手《くで》という作り方をしているのだと、駿が教えてくれた。さすが家具屋の御曹司だ……こういうことも知っていて、サラリと教えてくれる。

三つ組手の引き戸を開けた奥の部屋には広いダブルベッドがあり、寝室だとすぐにわかった。紫陽花が描かれている和紙のシェードランプにはほのかに灯りが灯っていて、一気に夜の雰囲気を醸し出している。

今日はこの部屋で……駿と眠ることになるんだ。

そう考えると一気に身体が熱くなり、違うことを考えようと必死になった。それにこんな豪華な部屋……大学生が泊まるには、ものすごく高いんじゃ……。

「ねぇ……駿。この部屋っていくらするの？　私、お金足りるかな……」

「真央はそんなこと気にしなくていいよ。ここは全部俺が出すから」

「そういうわけには……！」

「本当に気にしなくていいから。俺も父親の会社でバイトをしてるしね。それに実はこのホテルの家具、全部父親の会社ＡＯＹＡＧＩのものなんだ。だから、ちょっとホテル代も安くしてもらっちゃった」

おどけたように言う彼は、私を安心させるかのように笑う。私は本当に甘えてしまっていいのか自問自答するけれど、ここはせっかく駿がそう言ってくれるのなら、甘えた方がいいのかも……と思うことにした。

「ありがとう……じゃあ、お言葉に甘えて……でも、何か違う形でお礼はさせてね」

「そう？　それじゃあ今夜はいっぱいお願いごとを聞いてもらおうかな」

「へっ、えっ？　そ、そういうお願い？」

「あれ？　真央、何その反応。何を想像したの？」

ニコッと笑い、またまた卑猥な想像をしてしまった私を指摘する彼は、いたずらっ子みたいな顔をしている。

意地悪を言う駿は、それは楽しそうに私をからかっている。さっきから遊ばれてばっかりで悔しくなった私は、近くにあったクッションを投げてやった。

「もう！　駿ってばさっきからひどい！」

「アハハ！　ごめんね。でも、こういうのも楽しいな。真央とだから、楽しいって思えるんだろうね」

駿は私が投げたクッションを抱きかかえ、リビングのソファの上で寛ぐ体勢を取る。

無邪気な彼が可愛くて、さっきまで怒っていた感情はもうどこかに行ってしまった。

「うん、私もそう思う。駿といると毎日が幸せ」

そっと駿の腕に頬を寄せると、こめかみにキスを落としてくれた。甘い音が胸の中で響き、そこから幸福感が身体中に行き渡っていく。こんなお願いは無理だろうけど、やっぱりこの旅行の時間がいつまでも続けばいいのになぁと心の底から願った。

ソファで他愛もない話をしていると、部屋の時計の針が九時を指した。そろそろお風呂に入らなきゃいけない時間になり、大浴場に行く準備をしていると、駿が私を呼んだ。

「真央、あのね、言ってなかったことがあるんだけど」

「んっ？　なに？」

着替えと下着、そしてスキンケア一式をトートバッグに入れて彼がいるリビングルームへと向かう。

すると、駿はうなじを掻《か》きながら照れくさそうにしていた。

彼の態度を不思議に思っていると、照れから申し訳ない表情になり、ますます首を傾げる。

「実はこの部屋、特別に露天風呂が付いてるんだよね。こういう感じなんだけど……」

手招きをされて駿についていくと、さっき見た寝室のさらに奥に、木製の両開きの扉があった。まだチェックしていなかったところだ。

その扉を開けるとライト付きのミラーが印象的な洗面台が二つあり、奥にはガラス張りの浴室がある。そこには黒色の大理石でできた、だ円形の広いお風呂があった。

眼下には輝く神奈川の夜景を眺めることができる。

「わっ……すごい……！　こんなのがあったの？」

「夜景を見ながら温泉に入るなんて経験、なかなかできないだろ？　大浴場もいいけど、よかったらここに入らないか？」

「うん！　入りたい！」

「その……一緒に、と思ってるんだけど……」

何も考えず『入りたい！』と言った私は、一気に無言になってしまった。

だって、駿と一緒にお風呂なんて……！　海で見せた水着姿でさえ恥ずかしくてたまらなかったのに！

露天風呂は薄暗い間接照明だけではっきりと裸は見えないかもしれないけど、それでもキスまでしかしたことがない私達が、いきなり一緒にお風呂なんてハードルが高すぎる……！

でも、嫌な気持ちに一切ならないのは、相手が駿だからだと思う。

恥ずかしい気持ちは消えないけれど、初めての経験をするのなら駿がいい。

「やっぱりいきなり言われたら嫌だよね。ごめん、最初に言っておけばよかった」

駿は俯《うつむ》き加減になり、眉を下げてひどく申し訳なさそうな表情をしている。私が嫌がっているんだと誤解されているのがわかり、慌てて彼の腕を握った。

「ううん、いいよ！　一緒に入ろう」

「えっ、いいの？」

目を大きく見開き、駿は驚いた顔をしている。私は恥ずかしくて目を合わせられなかったけれど、駿に嫌な気持ちはないことを伝えるため、笑顔だけは絶やさなかった。

「せっかく旅行に来て、こんなに素敵なお風呂があるんだから、一緒に入りたい。それに夜景も綺麗！」

緊張しているせいか、早口で饒舌《じょうぜつ》になってしまう私。駿はそんな私を見てクスッと笑った。

「ありがとう、真央」

「お、お礼なんて……こちらこそ、ありがとう。その……一緒に入れるの……嬉しい」

お互いお礼を言い、笑い合う。浴槽の乳白色のお湯に手を浸けてみると保湿成分があるのか、しっとりしている感じがする。美白成分も入っているのかな？　それだったら嬉しいな。だって少しでも綺麗な肌になって、駿に触れてほしいもの。

先に駿が身体を流し、その後に私が入る順番となった。

身体を洗っている間はこちらを見ないでほしい！と懇願したら駿は言うことを聞いてくれ、浴槽に浸かっている間、ずっと夜景を眺めてくれていた。

時々「夜景が綺麗だよ。真央も早くおいで」と急かされ、私は「は、はーい」とうろたえながら返事をするだけで精一杯だった。

「は、入るね……」

必要以上にグルグルと巻いて身体を隠していたバスタオルを取り、右足からゆっくりとお湯に入る。隣に裸の駿がいることがどうしても直視できなくて、目を瞑《つむ》ったまま肩までゆっくり浸かった。

「夜景、綺麗だよ。一緒に見ないの？」

駿がクスクスと笑いながら、私に目を開けるように言ってくる。お湯の温度とか、温泉成分のよさとか、今感想を言えと言われたら絶対に無理だ。

それくらい私は緊張しちゃっている。ガチガチに身体が強張っている私を見て、駿は笑っているに違いない。でも、仕方ないじゃない。好きな人と一緒にお風呂に入るなんて、私にとってはすごくハードルが高いことなのだから。

「み、見るよ、夜景。見るからちょっと心の準備をさせて」

「そんなことをしていたらのぼせちゃうよ。俺、真央が入ってくるまで、結構お湯に浸かって待ってたんだから」

「あっ、そ、そうよね。ごめん、大丈夫？」

「やっとこっちを見てくれたね」

緊張してモタモタしていた私のせいで、のぼせるくらい長風呂になってしまった駿のことが心配で、勢いよく目を開けて彼の方を見た。

すると、目を細め、愛おしそうに私を見つめる瞬の顔がすぐ目の前にあった。その瞳に吸い込まれそうになりながらも、私は視線を逸らさなかった。

「真央、恥ずかしがって全然俺の方を見てくれなかったね」

「だって、今、二人とも何も着てないんだよ？　普通に恥ずかしいじゃない」

「このお湯、乳白色だけど？」

「それでも恥ずかしいの」

「それじゃあ俺の方はもういいから、夜景でも眺めようよ。本当に綺麗だよ」

そう言って私の後頭部に手を添え、夜景を見るように勧めてくれた。けれど、その指先はゆっくりと私のうなじに移動して、ゾクッとするような快感を引き起こした。

たしかに目の前には、小さな粒の細かな明かりがいくつも散らばっている、見渡す限りまばゆい夜景がある。

彼の指先を意識しないように頑張ってその光景を眺めていると、駿は手を移動させて私の肩を抱き自分の方に引き寄せた。

ちゃぷっとお湯が跳ね、水面に波紋が広がる。

肌が触れ合い、私の顔は彼の肩に寄り添う体勢となった。

「……駿ってこういうの慣れてるの？　私と違って全然動じてないね」

夜景を眺めながら思ったことをそのまま言葉にすると、駿は首を横に振って苦笑いをした。

「まさか。俺、真央と付き合ったのが初めてなのに、慣れてるわけないじゃん」

「でも、私と違って恥ずかしくなさそうだよね。私だけがドキドキしてるみたい」

私がそう言うと、駿は私の左手を掴《つか》んでいきなり自分の左胸に当てた。

「わっ、なに……？」

「これ、わかる？　俺もすごくドキドキしてる。実は真央とお風呂に入れるってなった時から、ずっと心臓が破裂しそうなくらいドキドキしているんだ」

「駿も緊張してたんだ……」

ちょっとホッとして笑顔になった私に、駿は言った。

「やっぱり、真央の笑顔は可愛い。俺、この笑顔のためならなんだってできる気がする」

「もう、言いすぎだよ」

「そんなことない。俺、真央がずっと笑顔でいられるように、どんなことからでも守るって約束するよ」

「駿……」

彼の熱い言葉に身体も心も全てが火照《ほて》り、幸せのあまり震えてしまう。私は我慢できなくて、恥ずかしさも忘れて駿に思い切り抱きついた。

水しぶきが上がり、素肌と素肌が隙間のないくらいにピタリと触れ合う。羞恥心が消し飛んだ私達は夜景を見ることも忘れ、唇を重ねた。

こんな激しいキス、生まれて初めてだ。

駿の左胸に触れた時、彼の心臓が激しく鳴っているのを感じた。多分、私の鼓動も同じか、それ以上に激しくなっている。

だって私は今、大好きな彼とキスから先に進もうとしているんだから。ドキドキしないなんて無理だ。

そんなことを考えていると重ね合っていた唇が離れ、駿が私の様子を窺うように顔を覗き込んだ。

「……怖い？」

駿は優しくゆっくり問いかけてくれる。私は彼の優しさに応えるために、首を左右に振った。

「ううん、怖くない。駿なら……絶対に大丈夫」

駿を安心させるように笑みを作り、首を傾げる。そんな私を見て、彼はホッとした顔をした。

「よかった……真央、男が苦手だってずっと言ってただろ。だから、俺が強引に迫ったりしたら、怖がらせてしまうんじゃないかってずっと不安だったんだ」

安堵《あんど》した彼の私に触れる手は、遠慮を感じさせない手つきに変わってきた。

頬の輪郭をなぞり、そのまま鎖骨を撫《な》でていく。彼の手に触れられた私の肌は、のぼせてしまいそうなくらい熱くなってきた。

「本当はもうずっと前から真央にこうして触れたかった。真央の全てが欲しかった」

彼の柔らかい唇が私の鎖骨に触れ、チュッと音を鳴らす。濡《ぬ》れた髪が私の頬に触れ、愛おしい彼を両腕で思い切り抱きしめたくなった。

「だけど、真央に嫌われたくなかった。俺、真央に嫌われたら生きていく自信なんかないからね。でも、これから夏休みに入ると俺は短期留学に行ってしまうし、真央は保育科の実習が始まるだろ。全く会えない期間、頑張れる思い出が欲しくて今回の旅行に誘ったんだ」

熱い吐息交じりに伝えられた言葉は全て私との思い出を作るため、一生懸命に考えてくれた内容だ。

私がただ離れるのが寂しいと感じていた間、彼は少しでもお互いが頑張れる思い出を作ろうと計画をしてくれていたんだ。

「そうだったの……ごめん、私、何も思いつかなくて……」

「真央は謝らなくていいよ。ただ、一回もお泊まりをしていない俺達がいきなり旅行だなんて、ちょっと焦りすぎたかなって反省した。だから、もし真央が少しでも嫌がる素振りを見せたら絶対に何もしない。ただ、泊まるだけにしようって心に誓って、旅行に来たんだよ」

駿がそんなふうに思ってくれていたなんて、初めて知った。

私が男の人が苦手だと言ったから、優しい彼はキス以上のことを今まで求めてこなかったんだ。

駿はそういうことに興味がないわけじゃない。ずっと、私のことを欲してくれていた。だけど、私のことが大切だから……ずっと我慢をしていたんだ。

「駿……そこまで考えてくれてたんだね」

「当たり前だよ。俺は真央が何よりも大切だから」

そう言うと、思い切り抱きしめてくれ、私の首筋に顔を埋める。今度は私も両腕で彼を抱きしめ、心を込めて自分のありったけの思いを言葉にした。

「……ありがとう。私も駿のことが一番大切で、大好きだよ」

「うん、俺も。大好きだ」

そしてそのまま私と駿は深く長く愛し合った。その時間があまりにも甘くて幸せすぎて、このまま彼だけのものになりたいと心から願ったほど。

まるでリミッターが外れたみたいに、駿はベッドに移っても眠るまで何度も私を求めてくれた。

こんなに獰猛《どうもう》な彼を見るのは初めてだ。だけど、恐いとか嫌とかそんな感情は一切ない。

ただ、ひたすらに私を求め「好きだ」「愛してる」と囁《ささや》いてくれることが本当に嬉しかった。

こうして初めての旅行を終えた私達。この日からさらに深いところで繋がり合えた気がして、離れていても心は一緒だと思った。

だから、駿が短期留学に出発する時も気持ちを強く持てたのかもしれない。

旅行から帰った一週間後、アメリカに短期留学に向かう彼を空港の出発ロビーで見送った。少し泣きそうになったけれど、彼との絆《きずな》を信じてグッと堪《こら》えることができた。

「駿、気を付けていってらっしゃい」

それでも涙声になって言葉を告げる。我慢している私を見て彼は切なそうに眉を下げ、そっと優しく抱きしめてくれた。

いつもなら人前でこんなことなんてしない。でも、ここは空港で私達以外にも別れを惜しんでいる人達がたくさんいる。だから、人目もはばからず自分の気持ちに素直になれた。

「俺も経営の勉強、しっかり頑張るから。真央も保育実習、頑張って」

「うん、頑張る」

そうだ、私もやらなくちゃいけない課題がたくさんある。だから、めそめそなんてしていられない。

それに最後に抱きしめられて元気も分けてもらえた。この温もりと匂いを忘れないでおこう。

そう思い、駿の胸元に顔を埋めていると、彼の背後から男性の声がする。

「駿さま、お時間です。そろそろ搭乗口に向かってください」

「ああ、そんな時間か。それじゃあ、真央……行ってくるよ」

寂しそうな顔をした駿の向こう側にいる男性は森山《もりやま》さん。私はこの日初めて会ったのだけれど、駿のお父さんの会社で働いている有能な人で、幼少の頃からのお世話係だという。

駿の口から度々名前が出てきていたから、この人の存在を私はすでに知っていた。

森山さんは、駿の両親から最も信頼されている人物。長男である駿が将来AOYAGIを継ぐのにふさわしい人間になるために、英才教育に始まり、一般常識や作法、語学や経営学といった様々なジャンルをみっちり叩《たた》き込んでくれたらしい。

幼い頃からそんな厳しい人と一緒にいるのはさすがに嫌なんじゃないかと聞いたことがあったけれど、駿は『自分達のことや両親、そして会社のことを考えてくれる厳しいけれど一番信頼できる人、そして第二の父親みたいな存在だ』と言っていた。

森山さんは彼の海外留学にも一緒についていき、身の回りのサポートをするらしい。

歳は五十代半ばくらい。高身長で威圧感がすごく、凛々《りり》しい眉や瞳に力があり、声も低いから喋《しゃべ》ると迫力がある。

駿と抱き合っている私をじろりと睨《にら》んでいる様子を見る限り、私という存在は歓迎されていないみたい。

「いってらっしゃい」

それでも別れの挨拶だけはきちんと言いたい。私は最後にギュッと強く抱きついて、彼から離れた。

「真央、毎日連絡するから」

「うん、待ってる」

視界が潤んで、しっかりと駿の顔が見えない。だけど、彼がこぼれそうになっていた私の目尻の涙を拭ってくれたから、駿の顔をしっかりと見ることができた。

「真央もいつでも連絡してきて」

そう言った駿の瞳も潤んでいて、私と同じ目をしているみたい。私も同じように彼の目尻の涙を拭い、そのまま彼の両頬を手のひらで包んだ。

「絶対するね。身体に気を付けて頑張って……」

「真央も。無理しちゃダメだよ」

彼との別れはとても名残惜しく、できることなら時間の許す限り声を聞いていたい。でも、森山さんが私達の間に入り、それは叶《かな》わなかった。

「駿さま、行きましょう」

彼の威圧感のある声に気圧《けお》されて、それ以上何も言えなくなる。私は流れそうになる涙をグッと堪えて、小さく手を振って彼を見送った。

駿の姿は森山さんの陰で隠れてしまい、しっかりとは見えなかったけれど、いつまでも手を振ってくれていたようだった。

駿の姿が見えなくなると、我慢していた涙が一気に溢れ出した。

私は流れる涙を手の甲で拭いながら、去って行く彼の後ろ姿をいつまでも見送り続けた。


駿が海外留学に行って間もなくすると、私も保育科の実習が始まり、怒涛《どとう》の毎日を過ごしていた。体力には自信があった私だけど、保育の実習は心身ともにかなりヘビーで、毎日へとへとになって帰宅していた。

だけど、子ども達と過ごす時間は予想以上に楽しくて充実した実習を行えている。

私が実習で見ることになったのは、四歳の子ども達だ。四歳にもなると口も達者になってきて会話も成り立ち、特におませな女の子が多くて話していてとても楽しい。

好きな男の子がいると話してくれたり、おままごとでもしっかりとママを演じていたり、見ていて本当に癒される。

その中には寂しがりやな子ももちろんいて、お母さんが恋しくて甘えられたりすると、私がしっかりしなくちゃと責任感も芽生え、この実習の中で一つ成長した気がしていた。

そういったことを毎日、電話やメールで駿に報告していた。電話は時差があるからなかなかできないけれど、メールは頻繁にやり取りができる。それが私の心の支えとなり、会えない時間が増えていくけれど頑張れる力となっていた。

そんな毎日を一ヶ月半過ごした頃、私の体調が徐々に悪くなっていった。胃痛があり、食欲もなくて眩暈《めまい》がする。最初は積み重なった疲労と夏バテかなと思った。

ただ、その疲労感は日ごとに増していき、それは久しぶりに駿と電話をした時、彼に心配されてしまったほど。

『真央、声に元気がないよ。大丈夫？』

久しぶりの電話なのに、心配させてしまうことが申し訳なくて仕方なかった。

それに、これくらいで倒れてしまったら、将来保育関係の仕事で働けないと自分を鼓舞する。

「全然大丈夫だよ！　遠距離で声が遠いから、そう感じるのかな？　駿の方こそ大丈夫？　ホームシックにかかってない？」

『ああ、それはあるかも。真央に会いたくて仕方がない』

愛おしさを込めた声で駿は私を喜ばせる言葉をくれる。もうそれだけで夏バテなんてどこかに吹き飛んでしまいそうだ。

「私も……早く会いたいよ。まだ、あと一ヶ月半も会えないんだね」

本音をポツリとこぼしてしまう。その時は決まって、駿は大げさなくらい明るい声で私の欲しい答えをくれる。

『俺も寂しいよ。でも、毎日真央のことを想って頑張ってる。思い出さない日はないよ。真央は俺の心の支えだから。だから、お互い頑張ろう』

若干、言わせてしまっていることをズルいなと思いながら、私は彼がくれた最高に甘い言葉で胸がいっぱいになり、泣きそうになっていた顔は自然と笑顔になった。

「うん。お互い頑張ろうね」

そう言って励まし合って通話を終える。嬉しさで胸がいっぱいのはずなのに、気持ち悪さは取れず、倦怠感《けんたいかん》もずっと残ったまま。ベッドに顔を突っ伏してしまい、起き上がる気力はなかなか湧かない。

「はあ……頑張らなきゃ」

そう自分に言い聞かせて、明日の実習の準備を始めた。

前日の電話で駿に元気をもらい、その日も気合いを入れて実習に励むつもりだった。だけど、朝の通勤ラッシュの波に飲まれた途端、私はその場にしゃがみ込み立てなくなってしまった。

電車のアナウンスが耳に聞こえてくるけれど、目が開かない。うずくまったまま手は自然にお腹を押さえていた。

「大丈夫ですか！」

「うっ……」

周りの乗客が私を心配して声をかけてくれる。だけど、私はそれに満足に答えることができないまま、視界が真っ暗になり意識が遠のいていった……。

目が覚め、気付けば真っ白な天井が視界いっぱいに広がった。ぼうっとする意識のまま私は周りを見回す。息を吸うと独特の消毒液の匂いが鼻腔《びこう》をくすぐる。ぼんやりしながらもここは病院なのだと気付いた。

「目が覚めましたか？」

優しく声をかけてきたのは、穏やかな表情をした看護師さんだ。私は小さく頷《うなず》くと朦朧《もうろう》とする意識のまま口を開いた。

「私……どうなったんですか？」

「ここは病院です。宇野さん、電車内で倒れて救急車で運ばれたんですよ。詳しい話はこの後、医師から聞いてくださいね」

看護師さんは言い聞かせるようにゆっくりと話してくれたので、私はその一言一言に頷いた。

そっか、私、倒れたんだ。情けないなぁ、夏バテや疲労くらいで倒れるなんて。

昨日駿にお互い頑張ろうって励ましてもらったばかりなのに。

そう思っていると、ベッドを区切るカーテンを開けて白衣を着た男性がやってきた。

歳は四十代後半くらいの『石井《いしい》』と名乗るその人は、私の担当医だと言った。

「宇野さんですね。これが目で追えますか？」

先生は私の前に指を出し、左右に振っている。指の動きがわかる私は素直に頷いた。

「よかった。意識はしっかりとあるようですね。今からいくつか質問をしますが、辛かったら首を振るだけでいいですからね」

石井先生は手元のカルテにペンを走らせながら、淡々とした口調で事務的に質問を開始した。

「気分はどうですか？　吐き気があればおっしゃってください。倒れられた時に血液検査をした結果、宇野さんの今の身体の状態は栄養が極端に不足していることがわかりました。体力が回復するまでは入院をしてください」

石井先生が言うには、どうやら私は過度の栄養失調で倒れたみたい。身体は丈夫な方だと思っていたのに……自分を過大評価していたことをすごく後悔した。

それから最近の生活スタイルや体調の変化について細かく聞かれた。先生は私の言葉に相槌《あいづち》を打ちながら、カルテに記入している。

そして次の瞬間、思いがけない質問をしてきた。

「あと、最近の月経と性行為はいつですか?」

「……えっ?」

それまではすぐに答えられていたのに、一気に言葉は勢いをなくしてしまう。そして、思考も何もかも止まってしまった。

「宇野さんの症状を見る限り、妊娠の可能性は否定できませんので。心当たりはありますか? 言いにくいようでしたら、後で看護師に伝える形でも可能ですが」

その問いかけに私はしっかりと頷いた。そしてゆっくりと先生の言葉を噛《か》みしめて、一言ずつ発していく。

「最後に月経があったのは二ヶ月弱前で……あの、私もともと生理不順なので……」

頭の中で必死に自分の身体のことを思い出し、言葉にしていく。そこまではどうにか答えることはできた。だけど、次の質問の答えを言おうとした時は手に力が入り、じっとりと手汗をかいてしまう。

「あと、その……男性との行為は……一ヶ月半前、彼氏と旅行に……あの、でも……」

あの旅行の時、たしか避妊はしていなかった……もしかして、あの時……？　初めて結ばれたあの夜の……。

「心当たりが……あります」

「わかりました。心当たりがあるのなら、午後から産婦人科で検査をお願いします」

問診が終わると、一緒にいた看護師さんが心配そうに声をかけてくれた。

「どなたかにご連絡しますか？　本当はいけないのですが、この部屋には今、宇野さんだけなので少しなら電話をしてもいいですよ」

そう言われた私はすぐにお礼を言い、鞄《かばん》の中からスマホを取り出して真っ先に実習先の保育園に電話をした。電話に出たのは、私の指導係の先生だった。電車内で倒れて入院することになったことを伝えると、ものすごく心配してくれて『宇野先生だから、さぼりや遅刻じゃないだろうから、もしかして事故や事件に巻き込まれたんじゃないかってみんなですごく心配していたの。実習のことは気にしないで、ゆっくり休んで』という言葉を頂いてしまった。

たくさんの人に迷惑をかけてしまい、本当に申し訳ない気持ちでいっぱいだ。

でも、身体が本調子に戻るまで休んでもいいと許可をもらい、自分の身体と相談する時間ができた。

午後から検査……しかも産婦人科で妊娠の検査……。

どうしよう、駿にすぐに連絡を入れるべき？　あっ、でも、今向こうは何時？　それに駿も今頃は勉強に必死になっているかもしれない。でも、話を聞いてほしい……だって、こんなこと他の誰に相談できるの？

どうしよう、どうしようとベッドの上で慌てふためいてしまう。まさかこんなことが自分の身に起きるなんて思ってもみなかった。

パニックになりながらも私はふと、お腹に両手を当ててみる。そうすると、不思議なくらいスッと冷静になる自分がいた。

「しっかりしなきゃ、私……だってもしここに赤ちゃんがいたら……」

そう自分に言い聞かせ、弱音を噛み砕くように唇を噛みしめた。

午後になると私は看護師さんが押してくれる車いすに乗り、産婦人科へと移動する。

産婦人科のフロアに入ると、すれ違う人はお腹が大きい人や旦那さんと診察に来ている人が多くて、そんな光景を見てしまうと胸の中は複雑な気持ちになった。

「宇野さん、どうぞ」

看護師さんに呼ばれ、診察室に通される。自分の症状を伝え、診察台へと案内された。産婦人科の診察台はどういうものか知識では知っていたけれど、いざ目の前に現れると緊張が走る。

そんな私の感情を看護師さんはお見通しで「リラックスして乗ってくださいね」と言ってくれた。

道具のカチャカチャという音が鳴り、診察が始まった。下腹部に少しの痛みと違和感を覚えたけれど、それをしばらく我慢すると診察は終わった。

不安と緊張でいっぱいだった私に、産婦人科の先生は口を開いて優しい声色で喋り始める。

「まず、宇野さんの容体からお話ししますね。担当医からお聞きになったと思いますが、倒れたのは栄養不足が原因です。それを補うために点滴が必要なのでしばらくは入院をしてください。さらに疲労が溜まっていたことと、睡眠不足もありますので、しっかり休養をしてまずは体力をつけましょう」

「は、はい……わかりました」

結果を知ることが怖くなっている私に、医師は私から見えない位置にあったインスタントカメラサイズの写真を差し出した。私はそこに写っている、すごく小さな人のような頭と身体の形をしたものを凝視してしまう。

「そして胃痛と吐き気ですが……これは妊娠の初期症状です。この時期、夏バテとよく似ているので、勘違いする方も多いんですよ」

「妊娠……」

「はい、宇野さんは妊娠されてます。今、ちょうど八週あたりになりますね。これがエコー写真で、ここに写っているのは宇野さんの赤ちゃんですよ」

呼吸が止まるくらいの衝撃だった。私……やっぱり妊娠していたんだ。駿と私の子どもを。

「おめでとうございます」

「あ、あり、ありがとう……ございます」

戸惑いと喜びに襲われている私に、医師は優しい笑顔をくれる。

「これからのことはゆっくりと考えましょう。まずは母親であるあなたの体力の回復を目指しましょうね」

「は、はい」

戸惑って震えていた指先が母親という言葉を聞いた途端、ピタリと止まった。この言葉の重みが私の胸の中に響いた。それと同時に、溢れ出てくるこの幸福感は嬉しいという感情以外表現しようがない。

嬉しい……私、駿の子どもを妊娠してすごく嬉しいんだ。

もし私が妊娠していることを知ったら、駿はどんな顔をするだろう。驚くだろうな。喜んでくれるかな。それとも……困るかな。

もし、拒絶されたら……。

「駿に限って……そんなことないよね。きっと、一緒に喜んでくれる」

車いすで戻って来た病室のベッドの上で、天井を見上げながら独り言を呟《つぶや》く。思い出すのは、二人きりで行った旅行だ。

あの時、駿は私にずっとそばにいてねって言ってくれた。それは将来的に私と一緒になるってことを言ってくれていたのだと信じたい。

でも、私達はまだ学生だ。結婚はできる年齢だけど、まだまだ半人前だし、家庭を持つなんて早すぎると周囲に言われてしまうだろう。

「お父さんとお母さんには……反対……されるかな。でも、説得すれば……」

もう私の中にこの子をおろすという選択肢はなかった。お腹の子と駿と私で家族を作りたい。

それしか頭になかった。

「やっぱり駿に相談しなくちゃ」

一人で抱え込むことじゃない。これは私と駿の二人の問題だ。だから、とにかく彼に連絡しようと思った。アメリカはこの時間、夜だろうから眠っているかもしれないと思い、メールで報告をした。

【伝えたいことがあるの。実は今、入院していて……私、妊娠したの。八週目だって言われました。メールでの報告になってしまってごめんなさい。でも、これからのことを相談したいので、できればすぐに連絡が欲しいです。待ってます】

これを読んだら駿はどんな反応をするかな。朝から驚かせてしまうかな。できれば私と同じように喜んでくれたら嬉しいけれど。

いろんな感情が胸の中で巡るけれど、私を想ってくれる駿の言葉を信じたい。だから、まだ膨らんでいないお腹を擦りながら、私は身体を休めるために目を瞑った。

深い睡眠についていた私は、看護師さんの「夕食の時間ですよ」という声で目が覚めた。

「駿から返事は……まだないか」

夕食よりも先にそれが気になり、メールの確認をする。まだ返事が来ないことにホッとしたようなもどかしいような……。

でも、今私のやることはお腹の赤ちゃんのために栄養をいっぱい摂ることだ。だから、手に持つものをスマホからお箸に変えて夕食を食べ始めた。

翌日もとにかく身体を休め、少しでも体力を回復しようとそれだけに集中していた。親にはいつ連絡しようとか大学はどうしよう、保育の実習も途中だけどまだ続けられるかな……と考えることはいっぱいだけど、まずはお腹の子どものことを駿と相談するのが先だと考えていたから、とにかく彼からの連絡を待った。

入院三日目もベッドの中で点滴をしながら、身体を休ませた。スマホで赤ちゃんや妊娠のことについてたくさん調べた。

今まで自分の人生にはまだまだ先のことだと思っていたのに、こんなに早く命の誕生について考える日がくるなんて、まだ実感が湧かない。

でも、それはこれからだんだんと湧いて来るのかもしれない。そんな期待もしている自分に驚いている。

そんなことを考えていると、知らないメールアドレスからスマホにメッセージが送られてきた。

「……誰？」

横たわっていた身体を起こし、眉間に皺《しわ》を寄せて知らないメールアドレスから来たメッセージをタップした。

気味が悪かったけれど、ただの迷惑メールなら無視すればいいだけだし。そんな軽い気持ちでメッセージをスクロールしていく。

「えっ……」

内容を読むと、このメールを送って来たのは森山さんだとわかった。

「森山さんって……駿と一緒にアメリカに行った、お世話係の……どうしてこの人からメールが送られてくるの？」

意味がわからず、送られてきた内容を読んでいく。私は、最後まで読むと絶句してしまった。

森山さんから送られてきた内容は、【メールを拝読させていただきました。とても残念な内容に頭を悩ませております。学生の身分で妊娠など将来、社を継ぐ駿さまのイメージダウンにしかなり得ません。玉《たま》の輿《こし》に乗ろうとした一般庶民との授かり婚など言語道断。駿さまには二度と近づかれぬよう、ご忠告申し上げます】というものだった。

「な、に……これ……どうしてこの人が駿のメールを見てるの……それにこんなこと……ひどい……！」

驚きと怒りでスマホを持つ手が震える。びっしょりと手汗をかいてしまい返信する指先が画面の上で滑る。

でも、誤解をしている森山さんととにかく話がしたいと思い、【一度、お話をさせてください】と返信をした。

するとすぐに、メールではなく知らない番号から電話がかかってきた。

病室を出て通話スペースまで急いで移動すると、震える指先で通話をタップして電話に出る。

「……もしもし」

『突然の電話、失礼いたします。私、駿さまの身の回りのお世話を担当しております森山と申します』

電話の声は、空港の時に一度聞いたことがある森山さんだ。圧のある低い声で、恐かったことを身体が覚えている。

「はい……空港の時に一度お会いしてます」

『ええ、そうですね。ところでさっそく本題に入ってもよろしいでしょうか。こちらはあまり時間がありませんので』

早口でまくし立てられ、彼のペースに乗せられそうになる。私は手汗が止まらない手でスマホをしっかりと握り直し、駿の名前を口にした。

「あの、駿は……」

『駿さまは今、課題の真っ最中であなたと通話する時間はございません。それと、今後は駿さまのお名前を軽々しく口にしないでいただきたい。どこで誰が話を聞いているかわかりませんので』

まるで感情のない声色に心臓がどくどくと鳴り、今にも緊張で倒れてしまいそう。でも、この機会を逃したら駿ともう二度と話ができないんじゃないかと思い、必死に耐えた。

「そんな……ここは病院ですよ」

『病院だからです。しかも、産婦人科なのでしょう。もし、駿さまをご存じの方がいれば、悪い噂《うわさ》などあっという間に広がる。そんなこと想像しただけでゾッとします』

「そんな……」

『先ほども申しましたが、もしあなたの妊娠が本当だとしたら学生の分際で授かり婚などあり得ない。しかもあなたは何も持たない一般庶民でしょう。今すぐに駿さまと別れていただきたい』

衝撃的な言葉に、今度こそ言葉を失いそうになる。だけど、嫌だ！　絶対に別れたくない！という気持ちの方が強い。

だから、今まで消極的だった自分からは考えられないくらい大きな声が出た。

「なっ……！　ど、どうしてあなたにそんなことまで……！　駿に代わってください！　私、彼と話がしたいんです！」

『それは無理です。駿さまには妊娠のこと、一切伝えないでください。先日、駿さまに送られたメッセージも私が消去しました』

「どうしてそんな勝手なことを！」

『勝手？　勝手なのはあなたでしょう。玉の輿に乗ろうと計算して駿さまとお付き合いをしていたのかもしれませんが、あまりにも時期尚早でしたね。身勝手な計画で駿さまの将来をつぶさないでください』

一方的で勝手な言い分に怒りと悔しさが入り混じり、大きなショックを受けてしまう。私の中の怒りの衝動は止まらなくて、涙声になったまま森山さんに声を荒らげた。

「た、玉の輿だなんて、そんなこと考えたこともありません！　それに勝手にメールを消したなんてひどい！」

『これは将来性のある駿さまのために行っていることです。駿さまのことを想うのなら、もう身を引いてください』

森山さんが語る言葉に、私の怒りは一瞬で冷めていく。

今の駿はまだ学生で私と同じような立場だけど、卒業をすれば会社を継ぐ後継者として社会に出ていく。もうそのスタート時点で、私とは違う世界の人間だ。だからこそ、森山さんはこんなにも必死に私を諭すのだろう。

たしかに、駿を大事に想うのなら、私は駿を諦めるべきなのだろう。

でも駿と何も話をできないまま、別れを選ぶなんてそんなことできるはずがない。

『もちろん、中絶に必要な経費や入院費用などはこちらで全額負担いたします。別途、解決金もお支払いいたしますので、ご希望の額をおっしゃってください』

「そんなものいりません！　それよりも駿と話をさせて！」

『何度言われてもそれはできかねます。私の連絡先に口座番号とご希望の金額をお送りください。速やかにお支払いいたします。それでは』

「待って！」

私の意見を一つも聞かず、一方的にプツッと電話が切れた。もう一度話をしようとして履歴から電話をするけれど、電源が入っていないという機械的な声が流れてくる。

「駿……！」

駿だ。森山さんじゃない。駿に連絡を取らなくちゃ！　森山さんには駿に近寄るなと言われたけれど、今はそんなことを聞いていられる余裕なんてなかった。

それにお腹の赤ちゃんのことを知らせなくちゃ。私と彼の子どもなんだもの。

驚くかもしれないけれど、駿はきっと受け入れてくれるはず……！

そう願いを込めて今度は駿のスマホに電話をかけるけれど、こちらも電源が入っていないという音声が流れてくる。

「どうして……駿……なんで気付いてくれないの……」

何度も何度も電話をかけ続けた。だけど、一向にかかる気配はなく、私はいつの間にか嗚咽《おえつ》をもらしながらスマホを耳に当てていた。

「宇野さん!?　どうしました？　大丈夫ですか？」

通話スペースで号泣しながらスマホを耳に当てている私を、看護師さんが見つけてくれた。

「病室に戻りましょう。こんなところにずっと立ってたら、身体に悪いですよ」

「はい……」

私は看護師さんに支えられながら病室に戻り、力なくベッドに倒れ込む。

スマホの画面を見るともう充電は5%くらいしか残っていなかった。

「宇野さん、ご家族の方に電話はされましたか？　無理なようでしたら病院から連絡しますよ」

「いえ……大丈夫です……私から……します」

力のない声で答えたから看護師さんはすごく心配してくれたけれど、私は早く一人になりたくて「大丈夫です」と繰り返した。

頑《かたく》なな私の態度に、看護師さんも諦めて病室を出ていく。

「駿……もう、会えないのかな……私、諦めなくちゃいけないのかな」

普通に考えたら、森山さんの言うことが正しいのだろう。駿と私は住む世界が違いすぎる。

大手企業の御曹司と、何も持たない一般庶民の私。しかも今は学生なのに妊娠をしてしまっている。

森山さんの言う通り、私は駿にとって、ただの迷惑な存在なのかもしれない。

会社を継ぐ駿のために、私は彼を諦める……それが一番いいことだってわかってる。

私が駿の赤ちゃんを妊娠したと告げたら、優しい彼はきっと全てを投げうって私と赤ちゃんの味方になり、愛情を注いでくれるだろう。

でも、大会社の後継者がそんなことをして許されるわけがない。彼自身が激しいバッシングを受け、会社自体の評価を下げてしまうことになる。今、会社の将来のために留学してまで一生懸命に勉強をしている駿のことを思うと、そんな未来だけは絶対に避けなければいけない。

「でも……この子だけは……この子だけは諦めたくない」

駿と私が愛し合って授かった命なんだもの。私の一生をかけて大切に大事に育てていきたい。

「お父さんとお母さんに言ったら……絶対に怒られるよね」

容易に想像できるのは、憤怒するお父さんの顔だ。思いっきり怒られるかもしれないけれど、真剣に私の決意を伝えれば、きっと許してくれる気がする。

「何もない私だけど、この子のために頑張らなくちゃ。この子は宝物……私の人生の全てをかけて育ててみせる」

まだ膨らんでいないお腹を擦りながら、私はこの子にそう誓った。

第二章

体力が回復した私は、退院してすぐ両親に連絡をした。

もちろん、森山さんに言われたことは話さなかったし、相手が誰なのかということも言わなかった。両親には付き合っている人がいることは伝えていたけれど、それがＡＯＹＡＧＩの御曹司である駿だとは言っていない。

だからしつこく相手はどんな人なのかと聞かれたけれど、もう相手には愛も情もないから、これから先、会うつもりはないと言った。

ただ、彼にはもう愛はないけれど、お腹の中の子どもには愛がある。絶対に産みたい。

どんなことをしても、この子が立派な大人になるまで育てていく決意は揺るがないと言い、必死に説得をした。

当然、両親は激怒して、今すぐ相手の男と両親に連絡を取れ！と私を叱咤《しった》した。それは私だけが苦労を背負うなんて、不憫《ふびん》でならないという親心からくるものだった。

だけど、私は自らその道を選んだ。きっと今の自分には想像できないくらい辛いこともあると思う。自分一人で頑張ってみるけれど、辛くなった時は助けてほしい。

私が初めて一人で頑張ろうとしていることを応援してほしいと両親に伝えた。

電話の向こうで、お母さんは泣き、お父さんは力のない声で返事をしていた。

『お前がそこまで言うのなら、もう何も言わない。だから少しでも早くこっちに帰ってきなさい』

「お父さん、お母さんありがとう。迷惑をかけてごめんね」

『子どもに迷惑をかけられて嫌がる親なんていない。だから、安心して帰っておいで』

お父さんのその言葉に、張り詰めていた気持ちが一瞬にして崩れ、涙腺《るいせん》が崩壊する。

本当に親ってありがたい……。私も将来は自分の両親のように子どもに頼られ、しっかりと支えてあげられる親になろう。

そんなことを思った。


それから、私は体調不良を理由に通っていた大学を辞めた。実習でお世話になっていた保育園にその旨を話すと、頑張っていたのにとても残念だと言ってもらえた。

サークルのメンバーや友人達には事後報告になってしまったけれど、実家の都合で大学を辞めることになったと一方的に伝えた。

駿と交流がある人の連絡先は全部削除して、電話番号やメールアドレス、メッセージアプリなどを一新した。

そして猛暑がおさまり、季節が秋に変わる頃。私は一人暮らしの部屋を引き払って、地元に戻ってきた。引っ越し業者が先に実家に到着していて、私の荷物を運びこんでいる手筈《てはず》だ。

駅まではお父さんが車で迎えに来てくれていて、私は満面の笑みで久しぶりに再会するお父さんの車に乗り込んだ。

「元気そうだな。安心した」

私の笑顔を見るなり、お父さんが安堵の表情をうかべる。肩に力が入っていたのか、運転席に身体を預けてリラックスした体勢になった。

「うん、元気。……いろいろごめんね。わがままを聞いてくれて本当にありがとう」

「昔から消極的だったお前が自分の意志で決めたことなんだ。お父さんはもう何も言わない」

「うん、でもありがとう」

私が何度も口にするお礼の言葉に、お父さんの瞳には薄っすらと涙が滲《にじ》んでいた気がする。でも、男らしいお父さんは、そんな自分を娘である私には見せたくないだろう。だから、私ももう何も言わず、疲れた振りをして目を瞑った。

実家に帰った私を待っていたのはお母さんともう一人、とても懐かしい顔だった。

「真央！　おかえり！」

「えっ、理奈《りな》！」

実家の玄関で、帰って来た私を思いっきり抱きしめてくれたのは、幼なじみで親友の早川《はやかわ》理奈だった。理奈とは成人式に会った時以来だから、二年以上ぶりだ。

弾けるような笑顔が魅力的な理奈は、明るく大きな声で私を迎えてくれた。

頭頂部に近い位置のお団子ヘアが昔からのトレードマークで背も高く、学生時代はバレーボール部のエースだった理奈は、今でもそのスタイルを維持していてモデルみたいに綺麗だ。

「真央が帰って来るっておばさんから聞いたから、仕事を休んできちゃった！」

「そうだったの？　ありがとう！　帰ってきたら一番に連絡をしようと思っていたの。会えて嬉しい！」

「私も！　これからはずっと一緒にいられるね！」

理奈の言葉に大きく頷いた私。理奈は私がどうして帰って来たのかは知らない。だから、心の底から純粋に喜んでくれているのだと思う。

近いうちに理奈にも話さなきゃな……。気の強い理奈からは、いきなりシングルマザーになるなんて！と怒られるかもしれないけれど。

「理奈ちゃん、荷ほどきのお手伝いをするって来てくれたのよ。よかったわね、真央」

段ボールを運びながら、お母さんが私と理奈を見て笑顔でそう言った。私はその言葉にまたびっくりして、彼女の手を勢いよく取った。

「手伝ってくれるの？　ありがとう、すごく助かる！」

「当たり前じゃん、そのために休みを取ったんだから。ほら、さっさと済ませちゃおうよ」

理奈が私の手を引っ張り、一緒に家の中へと入る。久しぶりに実家に帰ってきた安堵感と、これから始まる新しい生活への不安で胸の中がいっぱいになった。

そんな私を見て、理奈が心配そうに聞いてくる。

「どうしたの？　真央、大丈夫？」

続けて私の体調を気遣ってお母さん、お父さんが声をかけてくれる。

「移動で疲れた？　それならリビングで理奈ちゃんとお茶でも飲んできなさい」

「荷物は部屋に運んでおくぞ。荷ほどきは後でゆっくりやったらいい」

みんなが私を気遣って声をかけてくれる。それがとても心強くて、一気に身体が楽になった気がした。自分が思っていたより、全身に力が入っていたのかもしれない。

「ありがとう」

私は三人にお礼を言って、理奈と一緒にリビングに向かった。その時、ついいつもの癖でスマホを取り出し、駿からの連絡がないかを確認してしまった。

もう、駿とは連絡を取ることもないし、彼と会うこともないんだ。だから、もう忘れなきゃ。私は、この子を守っていかなきゃいけないんだから。

理奈に気付かれないようお腹に手を当て、ざわざわした気持ちを落ち着かせた。


それから月日は過ぎ、季節は春となった。

初めて経験する妊婦生活は全てが感激と驚きの連続で、私に幸せをもたらしてくれる。体調を悪くしたのは入院をした時くらいで、実家に帰ってからは両親のサポートもあり、赤ちゃんは順調に成長してくれた。

どんどん大きくなっていくお腹の中で、赤ちゃんは元気よく動き私のお腹を蹴ってくる。駿への思いがなくなったと言ったら嘘《うそ》になるけれど、お腹の子に対する愛情は日を追うごとに増していった。

私にとってかけがえのない存在。世界で一番愛おしいものだから、全身全霊をかけて守りたいという思いが強くなっていった。

春の風は心地よく、臨月を迎えた私は運動も兼ねて実家の近所の公園までお母さんと散歩にやって来た。この公園は昔、理奈とよく一緒に遊んでいて、砂遊びやブランコ、滑り台などでの楽しい思い出がたくさん詰まっている。

そんな思い出話をお母さんとしていると、突然、腹部が鈍い痛みに襲われる。それは出産関連の雑誌やネットで見た痛みとよく似ていて、あっ、これ陣痛だ……！とすぐにわかった。

お母さんにタクシーを呼んでもらい、いつでも病院に行けるようにすでに用意をしていた入院セットを手に持って、すぐに病院に向かった。

初産のせいか陣痛時間が長く、促進剤を打つなどして結局難産になってしまったけれど、赤ちゃんは無事生まれてきてくれた。

大きな産声《うぶごえ》を上げて、逞しく生まれてきてくれた、私の赤ちゃん。くしゃくしゃな顔をして元気よく泣く姿を見て、ただ愛おしさが募る。そして、この手で抱きしめた時、溢れ出てくる涙と母性を感じ、私は感動が止まらなかった。

性別は男の子で優太《ゆうた》と名付けた。優しく大きな子に育ってほしいという願いを込めて。きっと、この場に駿がいたら、同じことを思ってくれたと思う。

退院して実家での優太との暮らしが始まった。

言葉が喋れず、自分で何もできない赤ちゃんとの生活は手探り状態だ。昼夜関係なく母乳を欲しがり、抱っこをせがんでくるので、寝不足の日々が続く。けれどお母さんとお父さんのサポートがあって何とか乗りきれたと思う。

そして月齢が経つと、長く寝てくれる代わりに、今度は目を離せなくなってくる。意思表示がはっきりしてきて、クッションなどの支えがあれば一人で座り、なんでも口に入れ、手におもちゃを持たせるとぶんぶんと振り回して楽しそうに遊ぶ。

この姿がとても可愛くて、おもちゃで遊ぶ優太をスマホで写真に撮るのが私の日課だ。こんな優太の成長は、私に幸せをもたらしてくれる。

そんな生活が半年過ぎた頃、私は仕事と、優太を預けるための保育園を探し始めた。幸運なことに、育児に理解がある会社と、実家と会社から近い保育園を同時に見つけることができた。

私は実家から一駅離れたところにある、小さな文房具会社『株式会社米澤《よねざわ》』という工場の事務員として働き始めた。

米澤は昔ながらの職人さんもいれば、私と同じ事務員や営業の人もいるけど、大手企業に比べると全然小さな企業だ。少人数でとてもフレンドリーな人達ばかりで、本当に居心地がいい。

父親の跡を継いだ米澤社長は私と同じようにシングルマザーだ。おかげで育児にとても理解があり、優太の保育園行事がある時はもちろん、急な発熱の際も嫌な顔を一切せず仕事を休ませてくれる。

それに優太のことだけじゃなく私のことも気遣ってくれるから、第二のお母さんという言い方がしっくりくるかもしれない。

保育園に入った優太は、実家で一日過ごしている時と比べて見違えるほど成長していった。つかまり立ちもできるようになり、不安定だけど一人で歩くこともできる。食べることにも興味津々で、同じ月齢のどの子よりもたくさん食べる子だと保育園の先生に言われた時は、可愛くて笑ってしまった。

そんな優太が一歳になった頃、私は実家を離れ、職場に近いアパートに引っ越しをした。いつまでも親に甘えているわけにもいかないし、この子は私が一人で育てると決めたのだから、できるだけ自分の力だけで頑張ってみたかった。

それに私の実家の経済状態は、あまりいいとは言えない。

田舎の会社に勤めるごく一般的なサラリーマンである父親と、専業主婦の母親。二人は生活費を切り詰めたり貯金を取り崩したりして、一人娘の私が希望する私立の大学に入れ、さらに一人暮らしの費用も援助してくれた。だけど、私はその大学も一人暮らしもやめてしまった。

だからこそ、私と優太だけの生活を始めて、これ以上、両親に負担をかけないようにしたい。

何より、一人で育てると決めて地元に戻ってきたのだから、もう甘えてはダメだ。

そうして私と優太がアパート暮らしを始めた数ヶ月後の夏、理奈が元気な女の子の赤ちゃんを出産した。

父親は高校時代から長年付き合っていた彼氏の透《とおる》さんだ。二人は私が優太を産んで間もなく結婚し、しばらくして赤ちゃんを授かった。名前は紗耶香《さやか》ちゃん。理奈によく似た元気な女の子だ。

ママ友となった理奈とは、時間が合えば子どもを連れて近所の公園で遊び、たくさん話をしている。優太も自分より小さくて可愛い赤ちゃんに興味があるのか、触れ合えてとても楽しそうだ。

　次の春、優太は二歳になった。魔の二歳児という言葉があるように、優太はすぐにかんしゃくを起こすし、なかなか言うことを聞いてくれない。だけど、自分より小さい子や動物にはすごく優しいから、そこは母親として誇らしく思っていた。

　そんな優太を連れ、今日も理奈と紗耶香ちゃんと一緒に公園に遊びに来た。

　理奈は私が優太の手を引いて公園にやってくる姿を見て、いつも苦笑いをしている。

「それにしても、真央が一人で出産するために戻って来たって聞いた時は驚いたなあ」

　理奈が押しているベビーカーでは、紗耶香ちゃんがすやすやと眠っている。優太は紗耶香ちゃんに興味津々で、ベビーカーを覗き込んで凝視していた。

「理奈、最後の最後まで反対したよね。この先の人生、どうするのよ！って」

「そりゃ、私は真央が大切だからね。わざわざ苦労しかないような道を選んでいる真央のことを心配するのは当たり前だよ」

　そう言ってくれた理奈の顔は、まだ心配そうな顔色をしている。だけど、自分が妊娠して出産をした今では、何がなんでも生みたくなる気持ちがわかると言ってくれた。

　家族に恵まれ、友人に恵まれ、会社にも恵まれている。そして最愛の息子は元気にすくすくと育っている。

たしかに一人で家事育児は大変だけど、その道を選んだのは自分だし、何より優太と一緒にいられるだけで幸せだ。

今が一番幸せ……駿のことを思い出しそうになると、私はそう自分に言い聞かせて毎日、必死に暮らしていた。

優太が三歳になる誕生日。お母さんとお父さんが実家で誕生日パーティーを開いてくれることになった。私は優太のお迎えに少しでも早く行くため、仕事を定時で終えられるように、伝票の入力作業を午前中から黙々とこなしていた。

「真央ちゃん、今日たしかお子さんの誕生日よね」

そう言って米澤社長は【お誕生日おめでとう】と書かれた可愛い封筒をデスクに置いた。

「少ないけど、これでお誕生日プレゼントでも買ってあげて」

「そんな！　これはもらえません……！」

「大事な社員のお祝いくらいはさせてちょうだい。大丈夫よ、これくらいの金額を払ってもすぐにうちの会社はつぶれたりしないから！　ねっ」

そう言うと、周りにいた他の社員さんは笑っていて、朗らかな空気になる。でも私は心苦しい思いでいっぱいだ。

株式会社米澤は、私が入社した時は今ほど不景気ではなく、経営が苦しいことなんてなかった。

だけど、今年に入って大手文具メーカーが米澤の文具に類似した商品を売り出し、それが爆発的にヒットしてしまったのだ。そのため、うちのような小さな規模で勝負している文房具メーカーは、ますます売上が厳しくなったらしい。

だけど、米澤社長はどんな時でも前向きな人で、いつも明るく元気。経営の苦しさをちっとも顔に出さず、『大丈夫！』という言葉が口癖の人。

「……すみません、ありがとうございます！」

そんな社長のご厚意だから、ここは有難く受け取った方がいいだろう。私は椅子から立ち上がり満面の笑みでお礼を言うと、深々と頭を下げた。

「そんな大げさにしないで。ケーキくらいしか買えない程度のお祝いだから。ほら、もう仕事を再開しないと定時に間に合わなくなるわよ」

「はい！」

「それじゃ、私は今から来客があるから社長室に戻るわね」

社長は私の肩をポンッと軽く叩くと、そのまま事務所を出ていった。

本当、このアットホームな会社に就職できてよかった。学生の頃に目指していた保育士にはなれなかったけれど、この職場に勤められて今はとても充実している。

そんなことを思いながら、私はまた伝票の打ち込みを再開した。しばらくすると、営業に出る社員に声をかけられる。

「あっ、宇野さん。悪いけど、十四時になったら社長室にお茶を持っていってくれる？　来客があるって言ってただろ、三人分頼むよ」

私は「わかりました」と言って給湯室に向かう。

この文房具会社は昔からの顧客が多いから、商談のついでに世間話に花を咲かせて帰られる方も多い。今日も社長の昔なじみの人かな？　それなら長話になるだろうから、お菓子を多めに用意した方がいいかも。

そう考えながら人数分のお茶を入れ、おかきや口当たりのいいゼリー菓子などを用意する。お客様はすでにいらしていたようで、社長室からは男性の声と米澤社長の声が聞こえてきた。

私は木製のドアを三回ノックして「失礼します」と声をかける。そして、米澤社長の「どうぞ」という声を合図に静かにドアを開けた。

「お茶をお持ちしました」

言葉と同時に頭を下げると、スーツの男性二人の足元が見える。綺麗に磨かれた革靴を見る限り、きちんとした身なりの人達なんだと思った。

でも、うちの会社の顧客にしては、若いデザインの革靴を履いているな……と不思議に感じながら頭を上げる。

「えっ……」

私は来客用のソファに座っていた一人の男性を見た瞬間、持っていたトレーをその場に落としてしまう。カップは甲高い音を鳴らして粉々に割れてしまった。

「ちょっと！　真央ちゃん、大丈夫⁉」

米澤社長の声は耳に入って来るけれど、反応なんてできない。呆然《ぼうぜん》と立ち尽くして動こうとしない私を見かねて、社長は割れたカップやお茶で汚れた床を掃除し始めた。

「す、すみません！　私……！」

私を真っ直ぐ見つめる男性からすぐに視線を逸らし、床に散らばったカップの破片やお菓子を拾う。

手が震え、うまく集めることができない。心臓も今にも爆発しそうなくらい鳴っている。

だって……今、目と目が合った人……駿に……そっくりだった。

「大丈夫ですか？　お手伝いをしましょう」

その声を聞いて全身がビクンと震え上がり、私の動きが止まった。

そんな……この声……。

「いえいえ、お客様にそんなことをしてもらうわけには……」

慌てて制した米澤社長にその男性はサラリと返す。

「いや、驚かせてしまったのは私のせいですから。怪我は？」

近寄って来る声と足音に、息が止まりそう。駿によく似た人は、真っ直ぐに私と米澤社長のもとにやって来た。

「手が震えてる。こんな手で割れ物を触るのは危険だ」

そして私の前にしゃがむと私の手をそっと取り、自分の顔の位置まで上げた。添えられた手の感触……忘れるはずがない。

だって、いつも私を優しく包み込んでくれた大好きな人の手なんだもの。

「青柳社長、申し訳ございません。いつもはこんなミスをする子じゃないんです。今日は疲れているのかも……真央ちゃん、ここはもう私に任せて仕事に戻って」

米澤社長は彼を『青柳社長』と呼んだ……青柳は駿の苗字だ。

間違いない。私の目の前にいるこの人は駿だ。

「あっ……」

彼は私の手を少し強めに握ると立たせてくれた。そしてじっと私を凝視して、首を傾ける。

「……大丈夫？」

駿は優しい声色で問いかけてくれ、目を細めて私を見つめている。その慈愛に満ちた瞳が昔と全く変わっていなくて、私は真っ直ぐに見つめ返すことができなかった。

「あ、ありがとうございます……！」

無理矢理彼の手から自分の手を離し、散らばったお菓子をかき集める。米澤社長が「割れたカップは私が捨てておくから」と言ってくれたから、もう一度大きな声で謝罪をした後、私は深く頭を下げて勢いよく社長室を出た。

荒い息遣いになって、けたたましく鳴る心臓の音が身体中に響く。

駿だ……駿がいた！　青柳社長って呼ばれていた……駿、お父さんの会社を継いだんだ。でも、大手家具メーカーの社長が小さな文房具会社に何をしに来たのだろう。

それに駿が、私の前に現れるなんて……しかも、私がここにいることを知っているような感じだった。だって、私はお茶のトレーを落としてしまうほど驚いたのに、彼は私を見ても全く驚かなかった。それに『驚かせてしまったのは私のせいですから』とも言っていた。

ということは、私がここにいることを知っていて、米澤にやって来たということ？

いったい何のために……。

「あれ、宇野さんどうしたの？　さっきお客様にお茶を持っていったんじゃなかった？」

給湯室に戻ると、出すはずだったお菓子のトレーを持っている私を見た同僚の金子《かねこ》さんが不思議な顔で私を見ている。

「ちょ、ちょっとお茶をこぼしちゃって……金子さん、ごめんなさい。私の代わりに淹《い》れてもらってもいいですか？　私、今から急ぎの電話をしなくちゃいけなくて」

「ええ、いいわよ」

駿にもう一度会う覚悟ができなくて、たまたま給湯室にいた金子さんに嘘をついてお茶出しを代わってもらった。彼の顔をまた見る勇気なんてない。それに、駿と言葉を交わしたとしても何も話すことなんかない……。

だって、私は駿の前から消えた女なんだから。

自分のデスクに戻っても、まだ心臓がどくどくと早鐘を打っている。手も震えて、うまくキーボードが打てない。何度も深呼吸したけれど息は上がったままで、整えることなんて無理だった。

「大丈夫？　体調でも悪くなってきた？」

私の代わりにお茶出しをしてくれた金子さんが戻って来て、情緒不安定な私を見て声をかけてくれる。

その声にハッとして、笑顔を作った。

「すみません、大丈夫です」

「そう？　無理しちゃダメよ。だって今日は大事なお子さんの誕生日なんでしょ？」

そうだ、今日は優太の誕生日。大切な一人息子の一年で一番大事な日をちゃんと祝わなくちゃ。それにしても優太の誕生日に駿と再会するなんて、すごい偶然だ。ただ、こんな偶然に、胸の中の感情はとても複雑だ。

もし、駿と結婚して家庭を築いていれば、優太の誕生日を一緒に祝うことができたんだろうな……なんてことを想像してしまいそうになる。

きっと優太も両親に祝われて幸せそうに笑うのだろうなと思うと、急に居《い》た堪《たま》れない気持ちになった。

それから一時間後、米澤社長がフロアへと戻って来た。どうやら駿ともう一人の社員の男性は帰ったらしい。よほどシビアな話をしていたのか、社長は気疲れしている表情を隠しきれていない。

そんな社長のもとにすぐ向かい、私は頭を下げた。

「さっきは本当に申し訳ございませんでした！　大切なお客様の前であんな失態をしてしまい、ご迷惑をおかけしました……！」

「いいのよ、真央ちゃん。頭を上げてちょうだい。それより、あなたあそこの社長さんと知り合いだったのね。青柳社長が教えてくれたわ、大学時代同じサークルだったらしいじゃない」

「えっ……」

「大学卒業以来会っていなかったけど、久しぶりに再会したら自分が社長になっていたから、驚いたんだろうっておっしゃってたわ。それならそうと言ってくれたらよかったのに―」

米澤社長は笑いながらそう言うと、リラックスした様子で私の肩を叩く。私は呆気に取られ、開いた口が塞《ふさ》がらない。

駿、私とのことをそんなふうに話したんだ。彼の言い方は一番、無難な方法だと思った。私と恋人関係だったことは伏せて、ただのサークルメンバーだったと言う。それなら、私も偽りなく話すことができる。

「は、はい。そうなんです。彼とはサークルの同期で……久しぶりに再会したら社長になっていてびっくりしました」

「そうよね、びっくりするわよね。でも、青柳社長にはこれからお世話になるから、知っている人がいて心強いわ」

「お世話になるってどういう……」

「実はね、この会社……青柳社長が代表を務める大手家具メーカーAOYAGIグループの傘下に入ることになるかもしれないの」

「えっ！」

私達のやり取りを聞いていた社員達が一斉にこちらを向いた。驚き固まっている私のところにフロアにいる社員達がみんな押し寄せてきて、一気に人だかりができる。

「傘下に入るって……この会社、そこまでダメになっているってことですか？」

「買収……ってこと？」

「今までの仕事内容とは変わっちゃうのかな。心配……」

米澤社長に直接聞きにくる人もいれば、後ろでひそひそと話をして不安げにしている人もいる。

「まだ詳しくは決まっていないの。でも、青柳社長はうちの文房具を昔から愛用してくださっていて、今、経営が厳しいうちを助けたいって気持ちでそうおっしゃってくれているの。実はＡＯＹＡＧＩもこれからは家具だけじゃなくて、文具の領域にも事業を拡大しようと考えているらしくて。商品の開発にうちの力を貸してほしいっていうお話だったのよ」

米澤社長は精一杯の笑顔を作りながら、みんなを励ますために明るい声でそう言う。そして、今日来た二人は青柳社長と商品開発部の担当者だと説明した。

「協力したら、うちが今抱えている負債を肩代わりしてくれるって言うのね。ＡＯＹＡＧＩと業務提携を結べば、これからもずっと米澤の商品を出し続けることができる。米澤を存続させられるこのお話は、うちにとってまたとない申し出だと思うの」

米澤社長は努めて明るく言っているけれど、社員達の不安の色は隠せない。

「大丈夫！　何とかなる！　それに私がみんなを危ない目に遭わせたりしないから！　私を信じてついてきて！」

米澤社長の力強い言葉に、ここにいた社員達もハッとした顔になり、少しだけ安堵の表情になった。

それは私も一緒で、沈んでいた心がほんの少し救われ、笑顔が戻ってくる。

「私、社長を信じます」

私も会社のことは米澤社長を信じてついていけばいいと思った。それよりも今一番の問題は駿と再会してしまったことだ。

大企業の社長と小さな会社の事務員として再会した私達。子どもがいることは絶対に知られてはならない。そうじゃなければ、四年前に黙って別れた意味がないもの。

駿は四年前に別れた時より、ずっと男らしくて、素敵な男性になっていた。身なりもきちんと整えていて、余裕のある大人の男性だった。

それに比べて私は、優太と過ごす時間を優先しているから、自分のこともままならない。生活にくたびれ、実年齢よりずっと上に見られてもおかしくないくらい地味になってしまった。

だから、私なんてもう必要とはされないはず。

そう考えると心がほんの少し楽になる。でも、同時に虚《むな》しくもなり、私のことを必要としてくれる優太に無性に会いたくなった。

それから平常心を取り戻した私は仕事に取り掛かり、今日の分の納品書の作成を定時までに終わらせた。パソコンの電源を切り、帰社の準備を始める。

そして、まだ残っている社員の人達に挨拶をしながら更衣室に向かう。

今日のお誕生日メニューは優太の好きなハンバーグとフライドポテト、あとはオムライスも作ろう。海老フライとクリームコロッケはスーパーのお惣菜《そうざい》を買って、ケーキは実家が用意してくれるから買わなくて大丈夫……と頭の中でこれからのスケジュールを組み立てる。

保育園への送り迎えが始まってから毎日、ものすごく慌ただしいけれど、今日は今年一番の忙しい日になりそうだな、と考えながら白のTシャツとデニムといういつもの服装に着替えた。

最近の優太は、歩くということを知らないのかと思うくらい、いつでもどこでも走り回る。だから私は常に、両手が空くようにリュックを背負い、瞬時に走れるようにスニーカーを履く。

「さて、頑張ろ」

軽く深呼吸をして、今からママとして頑張る自分を鼓舞した私は従業員用の扉を開けた。すると、扉のすぐそばで男性が一人、腕を組んで壁にもたれかかっている。

男性は下を向いていて、顔がよく見えない。私が一歩踏み出すと、顔を上げた男性と目が合った。

「あっ……」

驚いた私は固まり、身体が動かなくなってしまった。

しっかりと目が合ったその人は昼間も会った駿だった。

第三章

「……真央」

私の名前を静かに、ゆっくりと呼ぶ。瞳が潤んでいるのは私の気のせい……？

社長室で見た駿は余裕のある男の人だったのに、今は私がよく知っている、あの頃のままの駿の顔をしている。彼の切ない雰囲気に飲み込まれそうになったけれど、表通りで鳴ったクラクションの音にハッとして、我に返る。

「お、お疲れ様でした。失礼します……」

「待って！」

私の口から咄嗟に出たのは、この場を去る言葉だった。だけど、駿は逃げようとする私の手首を掴み、動きを止める。駐車場の地面を勢いよく踏む私のスニーカーの音が聞こえた。掴まれた手首に一気に意識が集中する。

慌てた私は視線を下げ、アスファルトの地面を見つめた。だって、今彼の顔を見てしまったら、動揺して何を口走るかわからない。そして、こんなに熱くなっている顔を見られたくない。

「ご、ごめんなさい。急いでいるの……あ、あなたも仕事に戻らないといけないんじゃない？」

「それは大丈夫。残りの仕事は部下に任せてきた。それより、俺は真央と話したい。ずっとここで待っていたんだ」

「私は急ぐから！　それじゃ……」

「少しだけ！　少しだけ……時間をくれないか」

掴まれた手首は、簡単に振りほどけない強い力で掴まれている。痛みを感じるくらいだから、それほど駿も必死なのだろう。

彼の切迫した表情に面食らい、私はその場を動けなくなってしまった。久しぶりに感じる駿の手の温かさが懐かしく、ずっと触れていてほしいという衝動に駆られる。

ああ、私はまだ、こんなにも駿に気持ちが残っているのだと痛感させられる。

「……向こうに車を用意してる。家まで送るから、その間だけでも話をさせてほしい」

「わ、私、自転車だから……送ってもらわなくても大丈夫」

「そうか。じゃあ五分だけでもいい。車の中で少しだけ話をしてくれないか」

じんわりと手汗を感じる手首から、駿がどれだけ焦っているのか想像がつく。私も混乱と緊張状態から額に汗をかき始めていて、今にもこめかみから流れ落ちそうだ。

「頼む、真央」

こんなに切羽詰まった駿の声は聞いたことがない。駿の前から勝手にいなくなった負い目がある私は、断るという選択肢がなくなり、とうとう頷いてしまった。

「よかった、こっちだよ」

心底安堵した駿の声は穏やかになり、私の手首を解放してから、車へと歩き始める。私はその自然な素振りに一気に恋人同士だった頃を思い出し、浮かれてしまいそうになる自分を抑え込んだ。

手首を掴まれていた時のドキドキがまだ収まらない。こんなことではダメ。しっかりしなくちゃと自分に言い聞かす。

駿は、手の届かない世界にいる大手企業の社長だ。彼の未来を守るために、私は別れを選んだのだから。そして何より、今の私には優太がいる。もしその存在が周囲にバレてしまったら……駿に迷惑がかかるのはもちろんだけど、優太が奇異の目に晒《さら》される。誹謗中傷《ひぼうちゅうしょう》だってあるだろう。そんな思い、絶対にさせたくない。

ときめいてしまっては絶対にダメだと自分に言い聞かせる。

駿が車を停めていた場所は、会社近くのコインパーキングだった。ここに停めてくれていたことにホッとした。会社の駐車場で他の社員に見られ、変な噂が立ってしまったら……と思うと、ゾッとする。

「乗って」

コインパーキングの一番奥のスペースに停まっていた車は、黒の外国車だった。上品で気品のあるそのフォルムは、社会的地位のある人が乗るのにぴったりな車だと一目でわかる。昔は運転しやすいからと言って、国産車に乗っていたのに、自分でこんな立派な車が持てるようになったんだ。

やっぱり、地位も何もかも私とは違うな……と改めて感じて、ため息が出そうになった。

駿はまず助手席のドアを開け、私をそこに座らせた。黒い革張りのシートはふっくらとしていて、思った以上に身体が沈む。心を落ち着かせようと深呼吸をすると、芳香剤だろうか、柑橘系《かんきつけい》の香りがした。

そして駿が運転席に乗り込み、ロックをする音が車内に響く。その瞬間、緊張が最高潮に達した。

「……どうして、急にいなくなった？」

やっぱりこの話かと思った。駿が疑問に思うのは当たり前だ。

でも、事実を言うわけにはいかない。森山さんの言いなりになるつもりはないけれど、駿の足を引っ張ったり、優太を危険に晒したりすることは避けたい。

「家庭の……事情で……」

「それはサークルのメンバーから聞いた。でも、俺にはそれがどうしても信じられなかった。だって、付き合ってる時、真央は一言もそんなことを言ってなかったし、素振りも見せなかっただろ？」

「そ……れは……」

「もしもそれが本当なら、すぐに言ってほしかった。電話やメールで連絡くらいできたはず」

そう畳み掛けるように言った後、駿は一瞬、言葉を詰まらせた。

「ただ……留学中に俺、スマホをなくしたんだ。前日の夜まではあったのに、朝になったらどこにもなくて。もし、その時に連絡をくれていたのなら……ごめん。でも、それにしたって……」

多分、駿のスマホを隠したのは森山さんだ……と咄嗟に悟った。私と駿を引き離すため、当時唯一の連絡手段だったスマホを彼から奪ったんだ。

そこまでして私と別れさせたかったんだな……と思う。

でも、駿は納得していない顔をずっとしている。その気持ちもわかる。きっと私も彼の立場だったらこんな顔をするのかもしれないと思える。こんな時に未練がましいかもしれないけれど、同じ感情を持っていることが単純に嬉しかった。

「だから帰国してからは、真央が行きそうな場所を探したり、実家があると言っていた、この辺りまで探しにきたりした。だけど、簡単には見つけられなかった……」

駿の声はだんだん小さくなり、覇気がなくなっていく。彼が落ち込んでいく姿を見るのが苦しい。こんな思いをさせたのかと思うと、居た堪れない気持ちでいっぱいだ。

私の心の中は、こんなにも駿が思ってくれていたのかという嬉しさと、申し訳なさで感情がごちゃごちゃになる。そんな私を、駿は昔と変わらない熱い目で見つめてくれていた。

「俺にとって真央と過ごした日々は何物にも代え難い大切な時間だった。真央もそう思ってくれているって信じていた。だから、突然いなくなったことを受け入れられなかった。時間が許す限り真央を探し続けるつもりだったんだ。だけど……」

「だけど？」

続きの言葉を発しようとして、駿は苦い顔をする。後頭部を掻き、浅いため息をついた。

きっと嫌なことが起こったんだろうと推測するのに、充分な雰囲気がここにはある。

私は彼の言葉をじっと待った。そして、駿は重い口を開く。

「父親が……俺が大学を卒業する間近になって、急性心筋梗塞で倒れたんだ」

駿の言葉を聞いて、一瞬で息が止まった。驚きすぎて声が出ない。

お父さんが倒れた……？　しかも心筋梗塞って命にも関わる大きな病気なんじゃ……。

私は続きを聞いていいのか悩んだ。もしかしたら最悪の事態だって想定されるかもしれない。どうしようか悩んでいると、駿の方から会話を続けてくれた。

「幸い、命に別条はなかったけれど、長期の入院と安静な生活が必要な身体になってしまった。だから、俺は大学を卒業したらすぐに会社を引き継がなきゃいけないことになった。もうあの時は父親の会社をつぶさないように必死だった。だから……真央を探す時間をどうしても作れなかった」

「そんなことがあったの……」

お父さんは無事だったと聞いて、ホッとした。駿は淡々と話してくれたけど、その苦労はきっと、私なんかには想像できないくらい大変なものだったはず。大学を卒業してすぐに大企業を継ぐなんて。でも、それを駿はやってのけたんだ。そんな経験があったからこそ、今の駿には実年齢以上の大人の魅力や余裕が感じられるのだろう。

それでも、私のことを語る時は焦っているのか、険しい顔をしている。

「でもね、米澤への融資話が持ち上がってたまたま視察に来た時、偶然にも真央を見つけたんだ」

「えっ……」

「もう天にも昇る気持ちだった。また、会えた。真央に会えた。今度こそ、絶対に離れないし、離さないって誓った。でも……その前にどうしていきなりいなくなったのか真実を聞きたかった。真央、俺の気持ちは昔から変わっていない。いや、会えなかった分、昔よりずっと深くなってる。キミは……どう?」

「私……は……」

私を見つけた時のことを話し始めた途端、駿は人が変わったように明るくキラキラとした瞳で真っ直ぐに私を見つめてきた。しかも、気持ちは昔から変わっていないって言ってくれた。何も話さず一方的に離れていった私を、嫌いにならないでいてくれた。

できることなら、今すぐ彼の胸の中に飛び込みたい。だけどお互い今の生活を守るためにはそれだけは絶対にしちゃいけない。

だから、私は咄嗟に嘘をついた。

「私……今はもう結婚して子どももいるの。今日も、これから保育園に子どもをお迎えに行くの」

「えっ……結婚？　子ども？」

彼がチラッと私の左手の薬指を確認した気がした。私はしまった！と思い、急いで左手を右手で隠す。

誤魔化せたかな……まさか、指輪のチェックをされるとは思ってもみなかった。駿は私の手を見た後、前のめりになって私を問い詰めてくる。

「相手の男性は？」

「……普通の会社員」

「どんな人？　真央を幸せにしてくれているの？　子どもはいくつ？」

「それ……は……」

「もしそれが本当なら、家族写真を見せてくれないか？　真央が本当に結婚しているのなら、俺も諦めがつく。さすがに家庭を壊すことはしないよ」

しっかりとした強い口調で諭され、言い返す言葉がうまく出てこない。太ももの上で手をギュッと握りしめ、私はあまり働かない頭で必死に架空の設定を考えた。

「……父親とは……子どもが生まれてすぐに離婚したの。だから、子どもの写真しかない」

『離婚』という言葉を使った私は後悔した。きっと駿は幻滅するに違いない……そう考えてハッとする。この期《ご》に及《およ》んで私はまだ、駿に嫌われたくないと思っている。そんな自分がものすごく情けなくて、本当に嫌だ。

そんな私の頭上に、彼の声が響く。

「子どもの写真、見せてくれる？」

駿の声はとても冷静で、怒りや呆れというような感情は感じられなかった。私は少し震えた手で鞄の中からスマホを取り出し、待ち受け画面にしている優太を見せる。

スマホを受け取った彼は食い入るように画面を見つめ、そして唇をキュッと締めた。

「……この子が、真央の子ども？」

「うん」

胸の中では私とあなたの子どもなのと囁く。まさか駿に優太を見せる日が来るなんて信じられない。

駿に、父親である彼に我が子を見せる喜びから、私の涙腺は簡単に崩壊してしまいそうになり、涙を堪えるのに必死だった。

「保育園のお迎え、ついていってもいい？」

「えっ！」

「大丈夫。余計なことは一切言わない。約束する。ただ、見てみたいんだ。この子を自分の目で」

「それは……」

「頼む、真央。遠くから見るだけだから」

駿の顔は真剣だ。澄んだ瞳は彼と付き合っていた時から変わりなく、純粋で曇っていない。

真剣だとわかるから、余計簡単に返事ができなくて無言になってしまう。

そんな私に駿は「一目見るだけ」「すぐに帰るよ」「迷惑はかけない。絶対に」とまくし立てるように言ってくる。

根負けした私はとうとう頷いてしまった。

「ありがとう、真央」

「その代わり、一目見たらすぐに帰ってね。こんな田舎に高級車が停まっていたら目立って仕方ないから」

優太は車が好きだから、珍しい車種を見ると近づいてしまう。今、駿が乗っているような、男の子なら憧れそうなかっこいい高級車が目の前にあったら、迷わず向かって行くだろう。

二人が直接顔を合わせることは避けたい。だから、固く約束をしてもらった。

駿に保育園の場所を伝えた私は急いで車を降り、自転車にまたがった。自転車をこぎ、見慣れた景色を眺めながら「大変なことになってしまった……」と独り言を呟いた。

だって駿に優太を見せる日がくるなんて。しかも優太の誕生日に。

遅くなったから、保育園の後は急いで買い物を済ませて実家に行かなくちゃ。誕生日に着るために用意しておいた洋服に着替えさせて、写真も撮らなくちゃ。

やることは本当にいっぱいある。だから、駿には早く帰ってもらうんだ。そう……それでいい。

そう自分に言い聞かせ、保育園まで一心不乱に自転車をこいだ。

全力で自転車をこいだせいか、保育園に着くと私はしっとりと汗をかいていた。

鞄の中から保護者証を取り出して首からかけ、タオルハンカチで額の汗を拭きながら保育園の門をくぐると、担任の先生が私を見つけて優太に声をかけた。

「優太くーん。お母さん来てくれたよー！」

その声に優太は思い切り反応して、それまで遊んでいたブロックを床に放り出すように置き、きょろきょろと辺りを見回す。

「優太！」

私が手を振って声をかけると目を輝かせて一目散にこっちに向かってくる。その動きに自然と笑みがこぼれ、私は笑いながら優太を抱っこした。

「遅くなってごめんね」

「だいじょぶー！　もうかえる？」

「うん、帰るよー」

「やったー」

優太の舌たらずな話し方は、仕事で疲れた身体に癒しを与えてくれ、私も穏やかな気持ちになれる。抱っこして顔を見れば、今日のお弁当のふりかけの海苔《のり》がほっぺについていて、さらに笑ってしまう。

ぷくぷくとしたほっぺに血色のいい肌。長いまつ毛とぱっちりした目や色素の薄い柔らかい髪質は、父親の駿譲りだと思う。私に似ているのは鼻の形と小さめの唇かな。

「優太くん、今日もお弁当一番に食べ終えていましたよ。お友達とも上手に遊んでました」

保育園の先生が優太のリュックや水筒を持って来て、今日の出来事と明日のスケジュールを教えてくれる。

そして来週には今月生まれの子ども達の誕生会があり、主役の優太はとても楽しみにしているらしい。

「ありがとうございました。また明日もよろしくお願いします」

私は荷物を受け取って頭を下げ、優太を下ろして手を繋ぎながら保育園を後にした。

小さな手は私の手をしっかりと握っていて、さっきまでブロック遊びに熱中していたからか、手汗をかいている。

なんでも一生懸命な優太は、私の宝物で自慢の息子だ。

自転車に優太を乗せようとして、少しだけ後ろを振り返った。

すると、園の近くのコインパーキングに駿の車が停まっている。ここから車内の様子は見えないけれど、駿からは私達が見えていることだろう。

これで……もう会いに来ないよね。

私に子どもがいるという事実を目の当たりにすれば、きっと諦めてくれる。

その方が絶対いいに決まっている。

「ままー?」

私は無意識に、小さな手を力強く握っていたらしい。痛かったのか、優太は私の顔を見上げて心配そうな表情を浮かべていた。

「あっ、ごめんね。痛かったね」

「まま、だいじょぶ？」

「うん、大丈夫だよ。さっ、早く帰ろっか。じいじとばあばが、待ってるよ」

「うん！」

優太にヘルメットを被せたら、自転車のチャイルドシートに乗せてベルトを装着する。しっかりと固定した後、私も自転車に乗って帰り道を走り出した。

『駿はもう諦めてくれる』……改めてそう思った時、心にぽっかりと穴が空いた気がした。

私、いったい何を期待していたの？　馬鹿みたい。……本当に馬鹿みたい。こんな気持ちで優太の誕生日を迎えたくない。

目に力を入れ、いつも以上に優太に声をかけながら、ひたすらペダルを踏んだ。

優太の誕生日パーティーは私の実家で行われ、お母さんとお父さんの他に、幼なじみの理奈とその一人娘の紗耶香ちゃん、そして旦那の透さんが一緒にお祝いをしてくれた。

二歳児だった去年はまだお祝いのことなんてわからなかったみたいだけど、三歳にもなると自分が主役だとはっきり理解できるみたいで、優太は終始満面の笑みで過ごしていた。

そしてじいじとばあばからは、おもちゃの電車を。里奈達からは、それを走らせるレールセットをもらった。

私からは、優太が前から欲しがっていた、教育番組で大人気のたぬきのキャラクター『たぬたぬ』の大きなぬいぐるみをプレゼントした。

たくさんの『おめでとう』の言葉とプレゼントに囲まれて、その日の優太はほくほく笑顔で眠りについた。

その後私はすっかり寝てしまった優太を抱えて１ＤＫの自分のアパートに戻り、優太を起こさないように、そっと布団に寝かせた。そして愛らしい寝顔を見ながら、今日一日のことを思い返す。

今日は優太の誕生日という、一年に一度の特別な日だった。そんな日に、駿と再会した。そして優太の存在を知られてしまった。一番、知られたくない人に、優太を見られてしまった。

「はあ……」

ため息しか出てこなくて、枕に顔を突っ伏す。

ずっと忘れられずにいた、四年前の駿の顔。それが今日、凛々しく男らしい顔に塗り替えられ、脳裏から離れない。

いっそのこと『最低で最悪な女だ』と罵《ののし》られたなら、こんなに複雑な感情を抱かなくてよかったのに。彼は私を責めるどころか『今でも気持ちは変わっていない』と言ってくれた。

そんなことを言われたら、否が応でも意識してしまう。

「でも……もう仕事以外で会うことはないよね」

考えてみれば、社長の駿が吸収する会社に来ること自体、もうないのではないか。

「……そうだよ。今日みたいに顔を合わせることなんて、もう……」

私は優太の寝顔を見ながら自分にそう言い聞かせ、目を瞑った。

怒涛の出来事があった昨晩の私はすっかり疲弊《ひへい》していて、優太と一緒に寝てしまった。その結果、今日は朝からせわしない。全く片付いていない部屋の中をバタバタと動き回っていた。

「優太、しっかり手でフォークを持ってね。あっ！　コップはテーブルの隅っこに置いちゃダメって何回言ったらわかるのー。こぼれちゃうでしょ」

終了のブザーが鳴った洗濯機から洗濯物を取り出し、まだ寝ぼけまなこで椅子に座りながら朝ご飯を食べようとしている優太に向かって声をかける。

優太はまだ三歳。一人で食べることが上手じゃないため、練習をさせたいから声をかけるだけにしているけれど……どうしても助けようとして、つい手を貸してしまいそうになる。

そこをグッと堪えて声だけでアドバイスをするけれど、当の本人がいつまでもぼーっとしているから、全然練習になっていない。

「優太ー。起きてる？」

「んー……」

「朝ご飯食べないと、元気がいっぱいにならないよー。お外でお友達といっぱい遊べないよー」

「んー……あしょぶ……」

「じゃあ頑張ってご飯も食べてね！」

「はあい」

優太は目をしょぼしょぼさせながら、頼りない手つきでフォークを握り、ジャムサンドの隣のウィンナーを刺そうとする。うまくできなくて、両手でどうにかしようとした、その時。

「あっ、こぼれる……！」

声を出した時は、もう遅かった。お皿の横にあったヨーグルトが落ちて、優太のお腹から太ももにかけてべったりとこぼれてしまった。ヨーグルトがこぼれたことにショックを受け、今にも泣き出しそうになる優太の目には涙がいっぱい溜《た》まっている。

私は苦笑いをしながら、急いで布きんを取り、ヨーグルトを拭きとった。

「こぼれちゃったかー。仕方がないね、自分でやろうと頑張ったんだもんね」

「ごめ……しゃい……」

「いいよー、大丈夫！　でも、次からは気を付けようね。ヨーグルトさん、せっかく優太に食べてもらいたかったのに、落ちちゃったから悲しんでるよ」

「つぎ……がんばる……」

「うん、それでいいよ」

泣くことを堪えた優太の頭を優しく撫で、ジャムサンドを差し出す。優太がそれを食べている間に、着替えを取りにクローゼットへと向かう。

こんなこと、保育園の実習に行っていた時は日常茶飯事だったから、いちいちイライラしないようにしている。

まだ三歳の子どもなんだから、こぼすのは当たり前。大事なのは次を頑張るってことだ。

保育園の実習は短い期間だったけれど、今の自分の生活にものすごく役に立っている。経験しておいてよかったと心底感じることが、今までに何度もあった。

「まだ、三歳なんだもの。できなくて当然！　大人の私だってできないことはたくさんあるもんね」

そう呟きながら、優太のもとに服を持っていく。優太は一生懸命な顔をしてジャムサンドをお口いっぱいに頬張っていた。

「ふふっ、可愛い」

つい笑みがこぼれてしまうくらい愛しい私の子ども。この子のためならなんだってできるって思える瞬間だ。

食べ終わった優太を着替えさせて保育園に行く準備を終えたら、次は自分の番だ。

放置していた洗濯物を干し、優太が残した朝ご飯を自分の朝ご飯代わりに食べて顔を洗い、身支度を完成させる。

服はいつもTシャツにデニムと決めているし、メイクは日焼け止めに軽めのファンデーション。あとは眉をちょこっと描き足すくらいだから、ほとんどすっぴんだ。

それが終わったらリュックを背負い、窓の施錠を確認して家を出る。

「優太ー、保育園行くよー」

「はあい」

私の準備が終わるまで見せていた教育番組のテレビを消し、荷物を持ってドアの鍵を閉める。

自転車に優太を乗せ、私も乗って走り出す。

今日もいつもと変わらない日常が始まる。昨日のことは特別な日に見た、夢みたいなものだったんだと思い、私は保育園への道を走った。

第四章

駿と衝撃的な再会をしてから、二週間が経った。彼からは何の接触もなく、いつも通りの日常を過ごしている。

「もう……何もないよね。諦めた……かな」

マウスをクリックしながら独り言を呟いた私は、自身の言葉にハッとした。そんなことを口走るなんて、私はいったい何を期待しているんだろう。また、駿が会いにきてくれると思っているのかな。自分から離れておいて、そんな図々しいことを思っている自分が恥ずかしい。

駿と再会できて浮き足立ってしまった。それは間違いない。だけど、それを運命とかそんなものに置き換えちゃダメだ。

突然のことで私もパニックになり、図らずも優太の存在を知られてしまったけれど……もう大丈夫。

「よし、入力終わり。買い出しと郵便局に行かなくちゃ」

今日は伝票の入力が終わったら、郵便物の発送と給湯室に置くお茶の葉っぱやスティックシュガーの買い出しなどを頼まれている。

ずっと事務所にいる私にとって、外出できる買い出しは、いい気分転換となる好きな雑用だ。

「買い出し、行ってきます」

「はーい、よろしくね」

隣のデスクの社員さんに声をかけ、郵便物と財布を入れたミニバッグを持って席を立つ。

「あっ、真央ちゃんちょうどよかった。この後、ＡＯＹＡＧＩの方が二人いらっしゃるから、ちょっといいお茶を買って来てもらえる？」

私を呼び止めた米澤社長は、笑顔でそう言った。またＡＯＹＡＧＩの社員さんが来るんだ……。

一瞬、身構えたけれど、社長である駿が何度もこんな小さな文房具会社に足を運ぶことはないよね。

「はい、わかりました」

明るく返事をして、ミニバッグを握りしめて会社を出る。郵便局で発送を済ませ、ちょっと高級なお茶を買いに、百貨店まで足を延ばした。

地下の食品売り場を歩きながら、たしか駿は、口当たりのいいお茶が好きだったな……と思い出し、思わずそういった種類のお茶に手を伸ばす。

「もう……」

また彼のことを意識している自分にため息が出る。

彼好みのお茶を取ろうとした手を引っ込め、無難に老舗メーカーのものを購入して会社に戻った。

帰社するとあと五分でAOYAGIの社員が来るということで、急いで出迎える準備をする。

社長室の掃除はすでに済んでいたから、私は給湯室で買い出したものを補充するだけだ。

お茶の葉やスティックシュガー、お茶請けなどを片付けていると来客を知らせるインターホンが鳴る。その後、何人かの男性の声と靴音が聞こえ、社長室のドアが閉まる音がした。

人数分のお茶とお菓子を用意してトレーに乗せ、給湯室を出る。軽く咳《せき》ばらいをしてからノックを三回して「失礼します」と言うと中から米澤社長の「どうぞ」という声が聞こえてきた。

「失礼します。お茶をお持ちしま――」

ドアを開けて喉から出た声が詰まる。

最後まで丁寧に喋れなかったのは、この前と同じ場所に駿が座っていたからだ。

「あっ……」

「ありがとうございます」

固まる私に、彼は優しく微笑んで礼を言う。二週間ぶりに見た彼は前回と同様、社長としてこの場に来ている。だから、この自然な対応は普通のこと。私が意識しているだけだ。

なるべく駿と目を合わせないようにしてお茶をテーブルに置き、一礼をして社長室を出る。

駿の様子が普通すぎて、二週間前のやり取りが夢のように思えてしまう。そこで私はふと考えた。あれは、彼の中ではなかったことになったのかもしれない。私と彼はただの、大学時代のサークル仲間だということになったんだ。

その方が私も気持ちが楽になる。駿から何か言ってくることはもうないのだから。

それでも、胸の奥がずきんと痛む。本当、この身勝手なところ、自分でも大嫌いだ。

「ふう……仕事に戻ろう」

頭を振り、暗く落ち込みそうになる気持ちを前向きに変える。今日も定時までに仕事を終わらせなきゃ。可愛い優太が待っている。

その後、滞りなく通常業務をこなし、お迎えのために急いで着替えて更衣室を出る。

「もしかして……待ってたりして」

従業員出口のドアを前に足が止まってしまった。もし、前と同じように駿が外で待っていたらどうしよう。

また話をしてもいいものか、それとももう話すことはないと言い切り、その場を去るか……。

駿の顔を見た私が、そんなに強い態度を取れるのだろうか。

緊張で心臓がつぶれそうなくらい胸の中がドキドキしている。そんな自分を情けなく思いながら覚悟を決めてドアを開けた。

「……いない」

視界に広がるのは毎日見ている従業員専用の駐車場と見慣れた景色と、少し冷たさを感じる夕方の風だ。

「うん、これが当たり前のこと」

もうこれで駿と個人的に会うことはない。会えるのは今日みたいに仕事の時だけ。それも私のような事務員なら、もう二度と会うことはないかもしれない。

「これでいいんだ。これで」

そう自分に言い聞かせ、駐輪場へと向かう。

じわっと視界が滲むのは気のせいだ。私は傷ついてなんかいない。期待なんかしていない。

頬を両手でパチンと叩き、自転車にまたがって、私は保育園へと一心不乱にこぎ始めた。

それからまた三週間が過ぎ、AOYAGIと米澤の提携業務が本格的に進みだした。表向きはAOYAGIが文具業界で新規事業を始めることで業務提携をしたことになっているけれど、実際は米澤の負債を肩代わりする交換条件として、今まで米澤が培ってきた文具業界のノウハウや製品作りの全てを譲る形となった。

そして明日からは米澤の手法を勉強するために、AOYAGIの社員が十数人、工場とこの事務所に研修に来るらしい。

「新しい事業を始めるんですから、AOYAGI本部の人も大変ですね」

「まあね。でも、私としては米澤の商品がもっとたくさんの人に知ってもらえる機会が増えるのだから、嬉しいことよ。米澤をずっと守ってきた父や祖父には申し訳ないことをしたけれどね」

そう言う米澤社長の顔は少し寂しそうで、辛さも見えた。でも、社長らしい明るさをすぐに取り戻し、笑顔を私達社員に向ける。

「さあ、これから忙しくなるわよ。だって、文具にはど素人の人達が来るんですから！　相手が本部の社員だからってみんな遠慮せず、ちょっとくらい偉そうにしてもいいんだからね」

社長の意地悪な言葉やおどけた表情に、みんな笑いがこぼれる。私も同じように笑い、ＡＯＹＡＧＩと業務提携をしても、社長がいる限りこの会社は今のままの雰囲気で働けそうだと安堵した。

そして翌日、優太を保育園に送り、米澤に自転車で向かう。その日は曇り空で、どんよりとしていた。

「今日からＡＯＹＡＧＩの社員が来るんだなあ。どんな人だろ。偉そうな人じゃなかったらいいな」

ため息交じりに独り言を呟く。ＡＯＹＡＧＩの社員は森山さんのようなイメージが強いから、あんまりいい印象はない。

もしかして、森山さんが配属されてきたらどうしよう……！　私、そんな職場、絶対に耐えられない！

一気に背筋がゾクリとして、冷や汗が出る。そんな予想は当たらないことを祈りたいけれど、誰が来るか教えられていないから、不安は尽きない。

でも、ＡＯＹＡＧＩの社員がそんな人ばかりだとは限らないよね。新規事業で頑張ろうっていうんだから、きっと勉強熱心で仕事に熱い人が来てくれるはず。

そんな不安と期待を胸に抱いて、米澤に到着した。

社員の駐車場は駐輪場と隣接している。駐車場には見たことがある一台の高級車が停まっていた。

「えっ、あれって……うそ……」

それはあの日、彼に説得されて乗った車だ。どうして彼の車がここにあるの？　まさか……！

急激に心拍数が上がった私はこけそうな勢いで自転車を停め、会社の中に入る。すると、会社のエントランスホールには米澤社長と談笑する駿の姿があった。

駿だ……！　どうしてここに……！

……いや、冷静に考えれば今日から研修が始まるのだから、代表の彼が挨拶に来ていてもおかしくはない。

そう考えた私は「おはようございます」と挨拶をしてから横を通り過ぎようとした。だけど、米澤社長は私を見つけると満面の笑みをして、手招きをしてくる。

「あっ、真央ちゃんちょうどよかった。真央ちゃんと青柳社長って同じサークルで仲もよかったのよね？　それならしばらくの間、青柳社長の社内でのフォローをお願いできないかしら」

「はっ……？」

米澤社長からいきなり投下された爆弾発言に、私の思考は完全にフリーズした。だから、震える口からはどもった言葉しか発せられない。

「あの、えっと……どういう……」

「今日からＡＯＹＡＧＩの社員さんがいらっしゃるでしょう？　青柳社長がね、研修期間は自身も勉強したいっておっしゃって、わざわざお越しくださったのよ。それにもうこちらに住まいも確保したっていうのだから、すごい行動力よねえ」

「えっ……！」

私がものすごい勢いで駿を見上げると、綺麗なアーモンド形の瞳に見下ろされた。

微笑をして少し首を傾げた駿の前髪が、フワッと揺らいだ。

そして彼は米澤社長と私に交互に視線を送りながら、口を開いた。

「善は急げと言いますからね。数日でしたら本社の仕事はリモートワークで問題ないですし、出社することになっても車で一時間程度ですから。それに以前からこの地域には魅力を感じておりまして。いい機会ですので、研修が終わってもしばらくはこちらで暮らしてみようと思ったんです」

「まあ、ぜひ！　ここはほどよい田舎で住み心地は抜群にいいですよ。ねっ、真央ちゃん」

「あ……の……えっと……」

驚愕《きょうがく》のあまり思考が追いついていかなくて、何も言葉にすることができない。

だって、駿が米澤のノウハウを身につけるために、研修に来るのはまだ百歩譲って理解することはできる。

でも、住まいを確保？　しばらくはこちらで暮らしてみようって、いったいどういうつもり……？

私は訝《いぶか》しげに彼を見上げてしまう。だけど、駿は微笑んだままだ。

「文房具に関しては全くの素人なので、いろいろとご指導のほどよろしくお願いしますね、宇野さん」

「わ、私はただの事務員ですから……！　先に事務所に行ってます」

握手を求められ、逃げるようにその場を去る私。駿は笑みをこぼしており、米澤社長は「あら、いつもはあんな素っ気ない態度を取るような子じゃないんですけど」とフォローをしてくれていた。

気を遣わせてしまった米澤社長には心から申し訳ないと思うけれど、これから毎日駿と顔を合わせなくちゃいけないのかと思うと、胸の中のざわつきが止まらない。

それは更衣室で制服に着替え、事務所に入り自分のデスクに着いても落ち着くことはなかった。隣のデスクの金子さんに「大丈夫？」と聞かれたほどだ。

駿と一緒に仕事をすることになるなんて、想像してなかった。だって、会社の代表である彼が、研修に来るなんて思わないもの。

その間、彼の社長としての仕事はどうなるの？　リモートワークをするって言っていたけど、米澤を優先していいの？

そんな疑問ばかりが次々と生まれる。それに、同じ地域で暮らすとなれば、道でバッタリ会うことだって……。もしも駿と優太が顔を合わせてしまったら……？　駿に、優太が自分の子どもだと気付かれてしまったら……？

考えれば考えるほど、疑問と不安で頭がいっぱいになる。そんな中、朝礼が始まりＡＯＹＡＧＩの社員が六人、事務所に入って来た。

その中には駿の姿もある。朝礼を始めた米澤社長の話では、どうやらここにいる六人は営業などの担当で、三日間という短い期間だけ研修に来るらしい。工場の方には十人の担当社員が入り、研修期間はもっと長い。文房具業界への参入を確実に成功させるため、作業工程や職人の創意工夫をきっちりと学ぶそうだ。

さらに説明を聞くと、社長の駿が研修で留守にする三日間、実際にＡＯＹＡＧＩ本社で動くのは、有能で信頼できる部下と、副社長の弟だという。

有能で信頼できる部下と聞き、私はすぐに森山さんの顔を思い浮かべた。

あの人、私と駿が一緒に働こうとしていること、知らないのかな？　もしも知ったら、どんな行動を取るんだろう。また私が一方的に責められるかな……。

瞬時に嫌な思い出がフラッシュバックして、ため息をつきそうになる。

「では、今日もよろしくお願いします！」

米澤社長の明るい声がフロアに響き、社員は皆、それぞれの仕事を開始する。私はさっそく駿のことで何かやらなくちゃいけないのかと身構えたけれど、ＡＯＹＡＧＩ

の社員は全員、営業部と企画開発部の社員のもとに行った。

そっか、ＡＯＹＡＧＩの社員達は事務仕事じゃなくて、営業や企画開発の方を研修するのが当たり前だよね。

この様子なら私の出番はないだろうとホッと胸を撫で下ろし、自分の仕事である伝票の打ち込みを開始した。


米澤社長から駿のフォローをよろしくとは言われたけれど、この三日間の彼の仕事ぶりは完璧で、私の出番など皆無だった。

営業や企画開発部の社員から聞いた話だけれど、駿は彼らが必死になって身につけたノウハウをあっという間に自分のものにしたり、次々と新しいアイデアを出したり。

そして営業に行けば、挨拶の時点で相手の心をガッチリ掴む話術を心得ていたと言う。

研修はたった三日なのに、どちらの部署でも即戦力となるほどの実力を発揮していたらしい。

今回、研修に来たＡＯＹＡＧＩの社員はみんな優秀だったけれど、駿は群を抜いて素晴らしかったようだ。

実際の仕事ぶりを見たわけではないけれど、社員達が褒めちぎる様子を見る限り、駿が優秀だというのは事実なのだろう。何より驚いたのは、嫉妬の対象になりかねない立場の人間が、こんなにも周囲を魅了している点だ。本来、自分の会社を吸収するような形で取り込んだ大会社の社長なんて、鼻持ちならない存在に違いない。それが、手放しで褒め称《たた》えられている。

そっか。駿ってば有能な上に、周りを魅了する力があるんだな。たしかにそうじゃなきゃ、あの若さで大手企業の代表なんて務まらないよね。

大学時代の優しいけれどちょっと頼りない彼とは全く印象が違って少し戸惑うけれど、どこか誇らしげで、魅力を感じてしまうのは惚《ほ》れた弱みからだろうな。

営業の社員と談笑している駿の背中を見ながら、小さなため息をついた。

そして間もなく昼休みになろうという時。私は突然、駿に声をかけられた。

「すみません、宇野さん。少しいいですか？」

「えっ、は、はい……」

伝票の納期の日付を入力していた手を止め、声がした方を見上げる。すると、駿が目を細めて私を見下ろしていた。

「よかったら、この後のお昼をご一緒しませんか？　久しぶりに学生時代の話をしてみたいなあと思って」

「えっ、お、お昼……ですか？」

困惑する私に周りの社員が「そういえば、二人は同じ大学のサークルだったんだよね。今日で研修も最終日だし、行ってくれば？」と声をかけてくる。

一瞬、断ろうかと思ったけれど、この状況でそうするのは不自然。周囲に妙な勘ぐりをされかねないと考え、私は作り笑いを浮かべてコクリと頷いた。

「よかった。では、この後、一緒に外に行きましょう。楽しみにしてます」

「はい……わかりました」

まさか直接誘われるとは思わず、驚き固まってしまう。周りには変に思われなかったようだけど、私の胸中は心臓が爆発しそうなほどうるさい。

その後の仕事を何とかこなしていると、昼休憩を知らせるチャイムが鳴る。別室で企画会議をしていた社員達も事務所のフロアに戻って来て、各々が昼休憩に入る。

「宇野さん」

ソワソワと落ち着きなく待っていると、後ろから声が聞こえてきた。身体に力が入り、ゆっくりと振り返ると駿が少し緊張したような面持ちで立っていた。

「行ける？」

「う、うん。大丈夫」

「じゃあ、行こうか」

口調が柔らかくなったのは、昼休憩に入ったからかな？　なんだかこのやり取りはサークル時代に二人で帰っていたことを思い出させ、胸の奥がギュッとなった。

今から、駿は私と二人でどういう話をするつもりなんだろう。私が言えることは、あの再会した日に全て話した。だから私にはもうこれ以上、話せることなんてない。

駿だって、私に子どもがいるってわかったのだから、もう何もないはずなのに。

緊張と微かな手の震えを感じながら自分の鞄を持ち、先に歩く駿について会社を出た。


「乗って」

車のロックを解除した彼は、前回と同じように私を助手席に座らせる。そして自分も運転席に乗り込み、エンジンをかけた。

「昼休憩は一時間しかないから、遠出はできないよ」

「わかってる。お昼を一緒にと言ったのは、誰もいないところで二人きりで話したかったからなんだ」

「私はもう何も話すことはないから」

「俺はある。でも、その前に昼食にしよう。お腹が空いていたら落ち着いて話もできないしな」

駿はにっこりと笑い、シートベルトを締めて車を発進させた。駿が私に話したいことって何……？

今の私の頭の中にはその言葉ばかりがグルグルと回り、変な緊張感が漂っている。

「ハハッ。そんな怖がるなよ。別に真央を怒鳴りつけようとか、説教をしようってわけじゃないんだからさ。俺、そんなにひどい男だと思う？」

「そ、それはないよ。どちらかというと私の方が……」

「うん、そのことについてもちゃんと話をしたい。俺の米澤での研修、今日までだろ？　二日間は親睦を深めるために社員達と一緒に行動してたけど、最後の日くらい真央と話したくて。だって、会社の中以外で真央が俺とちゃんと話してくれる機会なんてないからさ」

そう言われると言葉に詰まる。謝るのも変だし、素っ気ない態度を取るのも正直つらい。どう言うのが正しいのか悩んでいたら、車はすぐに停まった。

「ここは？」

辺りを見回すと広い駐車場の奥には小さなログハウスがある。そこがお店のようで、丸い窓があり海外の田舎にある一軒家のようだ。入り口の上には猫の形の看板があり【シャット】と書いてある。

「真央と一緒に食べようと思って昨日、調べたんだけど、このカフェのテイクアウトのサンドイッチが美味しいんだって。さっき予約しておいたから、買ってくるよ」

「あ、ありがとう。お金……」

「いいよ、待ってて」

駿はシートベルトを外すと、颯爽《さっそう》と車から出てカフェの方へと向かう。私はその背中を見て、ふうっとため息をついた。

「二人でカフェのサンドイッチをテイクアウトとか……学生の頃に戻ったみたい」

付き合っていた時は、大学の近くのカフェでコーヒーとサンドイッチをテイクアウトして私の部屋で食べ、二人で課題をこなしていたな……と思い出した。

振り返るとあったかくなるような、でもズキッと胸が痛むような、そんな複雑な感情を呼び起こす、懐かしい思い出だ。

「お待たせ」

予約してあったと言っていたから、すぐに買えたのだろう。あっという間に戻ってきた駿は、昔と変わらない笑顔でテイクアウトしたサンドイッチとコーヒーを私に差し出してくれる。

「ありがとう。いただきます」

私に買ってくれたのは、アボカドと海老、そして紫キャベツやトマト、キュウリやサニーレタスなどが入ったボリュームたっぷりだけどヘルシーな具材のサンドイッチと、ホットのカフェオレ。

駿の方は照り焼きチキンがメインで、私と同じ量の野菜が入ったサンドイッチとホットコーヒーだ。

一口食べると、こぼれそうな野菜とクリーミーなアボカドと、ぷりぷりの海老とのコンビネーションがとにかく美味しくて目を見開いた。

「美味しい！」

「本当？　よかったー、俺も食べよ」

私の反応に満面の笑みを浮かべ、駿も嬉しそうな表情をしながらサンドイッチを食べ始める。このやり取り、本当に学生の頃のままだな。

そう思うと、自然と笑いが込み上げてくる。でもすぐに、そんな顔を見られてはダメだと思い、サンドイッチを味わうことに集中して、表情を誤魔化した。

とはいえ、食べ物に罪はなく、買って来てくれたサンドイッチは本当に美味しくてあっという間に食べてしまった。

「すごく美味しかった。ありがとう、いいお店を教えてくれて」

この辺りの道は、私の通勤ルートからはだいぶ外れている。今までほとんど通ったことがなかったから、駿が連れて来てくれなければ知らないままだった。

このカフェのサンドイッチなら、野菜が苦手な優太でも食べてくれるだろうと思い、今度連れてこようと考えていた。

「そう言ってもらえてよかったよ。で、お腹も膨れたことだし、時間もないから、そろそろ本題に移りたいんだけど」

さっきまでの緩い空気が一気にピリッとした。駿の雰囲気が変わったんだ。柔らかさがなくなって、真剣さを帯びた真っ直ぐな目で私を見ている。

彼の雰囲気に圧倒され、何も話せなくなった車内には車の外から聞こえてくるエンジン音と道路を走るタイヤの音が響いていた。

「俺がどうしても真央と話したかったのは、これからのことなんだ」

「これ、から……？」

「ああ、俺と真央、そして……子どものこと」

優太のことまで言われ、身体がビクンと反応した。

えっ、どういうこと？　もしかして優太が駿と私の子どもだってことがバレてる？

まさか、そんなはずはない。

たしかに優太は駿に似ている。でもスマホの写真を見たり、遠くの車の中から一度見たりしただけでは、はっきりわかるはずないもの。

だから、気付かれているわけがない。でも、だったらどうして私と駿と優太のこれからのことを話そうと言うのだろう。

私は頭が真っ白になりこめかみから汗を流しながら、彼の言葉を待った。

「真央を困らせるような話じゃないよ。これは……俺からのお願いごとだ」

「お、お願い……？」

「真央。キミと俺とキミの子ども、この三人で一緒に暮らさないか？」

「えっ……」

「俺を真央の家族に迎え入れてほしい」

「ええ！」

「今まで放置していた分、償《つぐな》いをさせてほしいんだ。俺にできることがあるのならなんでもやりたい。そして、真央ともう一度やり直したい」

信じられない展開に、瞬きを忘れて駿の顔を凝視してしまう。彼の瞳はぶれることなくこっちを向いていて、その瞳の熱さからは嘘を言っているようには見えない。

前のめりになって私の返事を待つ彼から逃げるように助手席のドアに背中をぴったりくっつけ、できるだけ距離を取るようにした。

どう返事しよう……真っ白になった頭を必死に回転させ、やっぱり出てくる言葉はこれしかなかった。

「私はあなたの前から突然いなくなったような、冷たい女なんだよ。そんな女、見捨ててもいいよ」

「俺は、真央がひどいことをしたなんて一切思っていない。それより、父の事情を理由に今まで探そうとしなかった自分を責めてる。だから、今度こそ絶対に離したくないと思ってここにやってきた」

駿は私の右手首を取り、少し強めに握りしめる。ちょっと汗をかいているのは緊張しているからだろうか。

それだけ彼も必死だってことが伝わってきて嬉しかったけれど、今は喜んでいる場合じゃない。

「こっちに住まいを確保したっていう話……もしかして、そのために？」

「ああ、そうだ。だから今まで離れていた分を埋めるために、一緒に暮らしてほしいんだ」

　駿の目は真剣だ。そこで私は意を決してこう言った。

「一緒に暮らすなんて……簡単に言わないで。駿にとって、私の子どもは赤の他人。他の男の人との子どもなんだよ」

　駿はその言葉に動じた様子もなく、強い瞳で私を見つめる。

「それは充分、わかっているつもりだ。他の男との子どもだって言ったら、俺が怯《ひる》むとでも思った？」

　一瞬、口角を上げた駿は、続けてこう言った。

「嫌になったらすぐに離れてくれてもいい。もちろん、生活費は全て負担する。何の不自由もさせない。俺と暮らしている間は、子どものために貯金をすればいい」

　貯金という現実的な問題を突きつけられて、心が揺らぎそうになる。もう親に金銭的な負担をかけない。優太は私一人で育てる。そう決めて、私は優太と二人で暮らしている。

　だけど、実際は貯金なんて僅かばかりしかできていない。生活費はどうにかなるとしても、優太のこれからの学費を考えると頭が痛い。

　このままでは将来『お金がないから、その道には進めない』なんて理由で、優太の可能性に蓋《ふた》をしてしまうかもしれない。それを思うと本当に辛い。

それどころか実際のところ、今も我慢させてしまう時の方が多いくらいだ。だから、生活費が浮くのは願ってもないことだけど、そんな理由で幼い優太の生活環境を変えるわけにはいかない。

「それは……ありがたいことだけど、やっぱり子どものことを考えるといきなり知らない人と一緒に暮らすのは絶対に無理だよ。子どもが混乱するし、近くに住む親になんて説明をすればいいか……」

どうにか理由を見つけて断ろうとする私に、駿はこの答えを予想していたのか、にっこりと微笑み明るい声で語り始めた。

「じゃあ、ご両親や子どもには貯金のために条件のいい相手が見つかったから、その人とシェアハウスをすると言えばいい。俺はオーナーであり、ただの同居人だ。それでどうだろう？　広い家に住んで生活費も支払わなくていい。俺が用意した家はキミの子どもが通っている保育園からも米澤からも近いし、不便な思いはさせないよ」

「そんな……こっちに都合のいいことばかりで申し訳ないよ」

「俺がいいって言っているんだ。真央、俺の願いを受け入れてくれないか？」

そう言われると決心が鈍ってくる。でも、たしかに条件としては申し訳ないくらいいい条件だ。ただ、気になるのはやっぱり優太のこと。

だから私は首を横に振る。

「どう考えても駿の考えは現実的じゃないよ。一度も会ったことがない人……しかも男の人と暮らすなんて、子どもの気持ちを考えたら絶対に無理」

「それなら、これから休みの日は俺と会ってほしい。もちろん子どもも一緒に。まずは、俺を受け入れてくれるかどうか、試してほしい」

「そんなこと……」

「頼む、真央。俺の一生のお願いだ」

どこまでも食い下がる駿の様子に私も焦りを覚え始め、そして真剣な思いにこれまでの決心が大きく揺らいでしまう。

一度会うくらいならいい……？　大丈夫かな……優太、どう思うかな。

それに本音を言えば私自身も、本当の親子である駿と優太が一緒に遊んでいるところを見てみたい。それは出産をしてからずっと私の中にあった、切実な願いだった。

叶うはずがなかった私の願い。それが今、駿の希望で叶えられようとしている。

三人で一緒に暮らすなんて、絶対に無理な話。でも他人として遊ぶくらいなら……。

「……遊ぶ……だけなら」

「本当か！　真央、ありがとう！」

小声で答えた私の倍以上の大きな声で、駿は喜んでお礼を言う。そのあまりのテンションの高さに、肩を上げてびっくりしたくらいだ。

駿は私の両手を握りしめて距離を詰め、キラキラとした瞳をこちらに向けている。その表情はずっと欲しかったプレゼントをもらえた優太の瞳にそっくりで、やっぱり親子なのだと気付かされる。

そんな私の複雑な胸中など知らない駿は、笑顔で口を開いた。

「それなら、さっそく今週の土曜日、三人で遊びに行こう。そうだな……まずは動物園に行かないか？　いろんな種類の動物と触れ合えるテーマパークを見つけたんだ。子どもは動物アレルギーとか大丈夫？」

一気に喋るその様子は、嬉しくてたまらないって感じ。私は圧倒されながらも彼の態度が可愛くて仕方なく、クスッと笑ってしまった。

私の笑顔に駿は目を丸くし、明るかった笑顔は一瞬で切なげに揺れる。静かに伸ばしてきた手は、私の顔の輪郭を優しく撫でた。

「……真央のちゃんとした笑顔、久しぶりに見た。昔と変わらないね……可愛い」

彼の言葉に心拍数が一気に上昇する。凝視してくる瞳に耐えきれなくて、勢いよく下を向いた。

「は、早く会社に戻らないと……昼休憩が終わるよ」

「ああ、本当だ。もっと二人きりでいたかったけれど、戻ろうか」

私の言葉に腕時計で時間を確認して、シートベルトを締めると車を発進させる。

駿に『可愛い』と言われただけでこんなに取り乱してしまうなんて、子どもを持つ母親として失格だ。別れた人にときめくなんて、そんな余裕、今の私にはないはずなのに。

でも、一瞬で昔の気持ちを思い出してしまうのは、それだけ彼との思い出が私の中に色濃く残っていて、全く色褪《あ》せていないという証拠だ。だから、少しでも恋人のように扱われると、当時のことを鮮やかに思い出してしまう。

そんな自分の感情を消したくてわざとスマホを取り出し、ホーム画面を見つめる。

そこには誕生日パーティーで撮った優太の太陽のように明るく、可愛い笑顔がある。

この子のためにも、まずは今日これからの仕事を頑張らなくちゃ。そう自分に言い聞かせ、高鳴り続ける心臓の音を無理矢理消す努力をした。

翌日になり、ＡＯＹＡＧＩの社員は工場研修の人達を残して、本社に戻っていった。

事務所は日常の風景を取り戻した。

米澤がＡＯＹＡＧＩのグループ会社になっても、普段の仕事や納品先などは、ほとんど変わらなかった。大きく変化したことといったら、減少していた受注先が増え、忙しくなったことだ。

「これでしばらくは米澤も安泰ね。思い切った決断だったけど、青柳社長に任せて本当によかったわ」

そんな米澤社長の独り言が聞こえてきた。その顔には、社員や会社の行く末に光が差してきたことに対する、安堵の表情が窺える。

私も、米澤に手を差し伸べてくれたＡＯＹＡＧＩには感謝しかない。大好きなこの会社がなくなる心配も、収入を失うことに怯《おび》える必要もなくなったのだから。

米澤を救ってくれた駿とは、今週の土曜日に動物園に行くことになっている。

昨日、お風呂に入りながら優太に『今週の土曜日、動物園に行くよ』と伝えたら、浴槽のお湯をバシャバシャと何度も叩いて、大喜びしていた。

ただ、駿という大人の男性が一緒だということはどうしても伝えづらくて、まだ言えていない。

ダメだな……母親の私が怯んでどうするんだ。ちゃんと伝えなくちゃいけないのに。

約束を取り付けた今でも、駿と優太を会わせることに悩んでいる私がいる。

でも、優太に会えることをあんなに喜んでいた駿の顔や、動物園に行くことをとてつもなく楽しみにしている優太のことを考えると、今さらなかったことにはできないし……。

「とにかく、一度だけでも会わせてみて……優太が駿を拒んだら、すぐに帰ろう。それに、あの時はうやむやになってしまったけれど、一緒に暮らすなんて絶対にダメ。はっきり断らなくちゃ」

パソコンの画面に映る納品書とにらめっこしながら、独り言を呟く。そして浅いため息をつきながらマウスをクリックした。

第五章

約束の土曜日になった。優太には今日動物園に行く人はじいじとばあばではなく、ママのお友達のお兄さんだよと伝えてある。

ママの友達というだけで安心しているのか、特に気にすることなく、優太は動物園に行くことを心底楽しみにしているみたい。

いつもならお休みの日はゆっくり寝ているのに、今朝は早く起きて、テンションも高い。それだけ今日が待ち遠しかったのだろう。

「まま、いつおでかけするの？　あとなんぷん？」

「もう少しだけ待ってね。あとちょっとでお弁当ができるから」

「やった！　おべんとう！」

朝食のバナナを落とさないようにしっかりと手に掴んで、優太は弾ける笑顔をキッチンにいる私に向ける。

節約のため、外に遊びに行く時はお弁当を持って出かけるようにしているから今日も作ってしまったけれど……駿には何も言っていない。

優太は私のお弁当を喜んでくれるけど、駿はどうかな？　どこかで食べる予定になっていたら申し訳ないことをしたかも……と考えながらも、早起きをして作ったお弁当ができ上がった。

「ぽてとある？　たまごやきも、うぃんなーもある？」

「うん、あるよ。優太の好きなおかず、いっぱい入れたからね」

「やったあ！」

お弁当のおかずを聞いて、さらに喜ぶ我が子の姿に自然と笑みがこぼれる。おかずを全て詰めておにぎりも人数分握り終えると、エプロンのポケットに入っているスマホが鳴った。

駿からのメッセージだ。私達は動物園に行く約束をした日、車の中で連絡先を交換した。とはいえ、待ち合わせの時間や場所を決めるといった、必要最低限のやり取りしかしていない。今のは【予定通り九時にアパートの前まで迎えに行く】という連絡だ。

私は最寄り駅でいいと言ったのだけれど、せっかく車があるのだから迎えに行くと強引に言われ、戸惑いつつこのアパートの住所を教えた。

昔はここまで強引なところはなかったのにな。変わらないところもあるけれど、こうした彼の変化に気付くたび心は揺れ、意識してしまう。

「ままー？」

私がスマホの画面を見て固まっていると、優太が不思議そうに私を呼ぶ。息子の声にハッとした私はすぐ母親モードになり、笑顔を取り戻した。

「優太、朝ご飯は全部食べた？　今日はいっぱい歩かなきゃいけないからたくさん食べないと元気が続かないよ」

「うん、たべたよ！　ほら！」

朝食に用意したハムエッグとスティックパンにバナナと牛乳を全部たいらげ、空になったお皿を優太は自信満々に私に見せに来る。

私はその行動が可愛くてたまらなくて、頭を思い切り撫でた。

「えらいえらい！　じゃあ今日は思いっきり遊べるね！」

「うん！　たのしみ！」

頬にはパンの食べかすがついており、一生懸命食べたことが伝わってくる。その愛くるしい顔をティッシュで拭いて、着替えを手伝う。そして優太が幼児向け番組を見ている間に、自分の用意を素早く済ませた。

駿と付き合っていた頃は、着る服もメイクも髪型もかなり時間をかけて頑張っていたけれど、優太がいる今、そんな余裕はどこにもない。

休日のお出かけだというのに、駿はこんな私にがっかりするだろうな。でも、これが今の私だ。

髪はサッと櫛《くし》で梳《と》かして一つに結び、メイクもいつもと同じように仕上げ、服も汚れが目立たない黒のカットソーにデニムだ。

お弁当が入ったトートバッグと貴重品と優太のおやつや着替えなどが入ったリュックを背負うと準備完了。

壁掛け時計を見ると、時刻は八時五十分。外で待っていれば駿が到着する頃だろう。

「よし、優太ー行くよー」

「はーい！」

水筒を斜めがけにした優太にスニーカーを履かせ、自分もスニーカーを履く。ドアを開けて外の天気を見ると、見事な快晴だった。

「わー！　はれ！」

「本当だ、よかったね」

昨日まで雨雲が活発に発生していたせいで今日は雨になるかもしれないとお天気キャスターが言っていたけれど、それは外れたみたい。

快晴になった空を見上げると、朝の心地よい風が頬をかすめる。今日は思っていたよりもいい日になるかもしれない。

そんなことを思いながら、ドアに鍵をかけた。

優太と手を繋ぎながらアパートの階段を下りると、駿の車がアパートの前に停まっていた。その車を発見すると、私が声を出す前に優太が小さな指で車の方を指す。

「わー！　くるま！　かっこいい！」

車が大好きな優太は、珍しい高級車を見て大きな声を出して感動している。私は戸惑いつつ「そうだね」と言いながらも動揺を隠せない。

そんな私と優太のやり取りを見ていたのか、駿はクスクスと笑いながら運転席から出てきた。

「おはよう」

口を手の甲で押さえて笑みをこぼしながら、駿は私と優太に向かって挨拶をする。

それにキョトンとした反応をするのはもちろん優太だ。

いきなり大人の男の人に声をかけられたら、こんな反応をしてしまうのも仕方ない。

不思議そうな顔で私を見上げる優太に対して申し訳ない気持ちになりながらも、私はしゃがんで優太と同じ目線になり、駿のことを紹介した。

「今日一緒に動物園に行ってくれるママのお友達だよ。駿くんっていうの。仲良くできる？」

正直、本当の父親を名前で呼ばせることには抵抗がある。だけど、今はこれしか方法がない。私は一人、胸の痛みを感じた。

けれど優太は、その痛みを吹き飛ばすくらいの満面の笑みを、私に向けてくれた。柔らかい頬がふにゃっとなり、キラキラの瞳は可愛く円を描く。

「うん！　ままのおともだちは、ぼくのおともだち！」

「そうだね、お友達だよ。挨拶できる？」

「うん！」

優太は元気よくそう言うと、駿の方に駆け出す。駿はその場にしゃがみ、優太と同じ目線になってくれた。

その表情はとても優しくて、まるで愛しい我が子を見るような瞳だと思うのは、私の都合のいい解釈かな。それでも、そう見えることが正直、嬉しかった。

「うのゆうたです！　さんさいです！」

「ハハッ。優太くんか。初めまして。青柳駿です。今日、優太くんに会えるのをとても楽しみにしていたよ」

「ぼくも！　どうぶつえん、いきたい！」

「ああ、行こうか。おいで、チャイルドシートも用意してあるから」

駿はそっと優太の手を取ると優しく握る。駿と優太が手を繋いでいる……私はその光景を目にして涙腺が緩むのを必死に我慢した。

こんなことでいちいち感動していたら、今日一日涙腺がもたないかもしれない。頭を振って、私も彼らのもとへと向かう。

「おはよう。迎えに来てくれてありがとう」

後部座席の扉を開けている駿に声をかけ、私はペコッと頭を下げた。

「頭なんか下げなくていいよ。強引に誘ったのは俺の方なんだから。それに今日、すごく楽しみにしていたしね」

そう言うと優太と目を合わせ、にっこりと微笑む。すると、優太は人懐っこい笑顔でそれに応えていた。

もともと人見知りをあまりしない優太だから駿と会って泣くことはないと思っていたけれど、ここまで笑顔なのも珍しい。

朝の挨拶を一通り終え、優太をチャイルドシートに乗せて私もその隣に座る。

独身の彼がわざわざチャイルドシートを購入して取り付けてくれた気遣いが本当に

嬉しい。

しかもそれは高級メーカーで、乗り心地もかなりいいと評判のチャイルドシートだ。駿なりに、いろいろと調べて購入してくれたのだということが伝わってきた。

「こんなにいいもの……本当にありがとう。買ってくれたの？」

「子どもを乗せるのに絶対必要だろ。男の子だから黒がいいと思って勝手に選んだけど、よかった？」

「うん！」

私が素直にお礼を言うと、駿も満足気に頷いてくれる。

「優太、かっこいいよ」

乗り心地のいいチャイルドシートに優太もご満悦なのか、すごく嬉しそう。私も自然と笑顔で子どもを褒める言葉が出てきた。

「気に入ってもらえてよかった。さあ出発しようか」

後部座席のドアを閉めながら駿は明るい声でそう言った。優太は初めて乗る高級車の中をキラキラした目で見回して、この場を楽しんでいる。まだ緊張しているのは私だけだ。

今日一日、いったいどんな日になるんだろう。そんなことを思っていると、運転席に座る駿はシートベルトを締める前に、こちらを振り向いた。

そして私と優太を真っ直ぐ見つめ、視線を逸らさない。

「どうしたの？」

なかなか出発をせずに私達を見る彼の行動を不思議に思い、言葉をかける。すると、満足気に微笑んだ彼はこう言った。

「いや……いいなあと思って」

「何が？」

「父親になったら、こんな感じで家族を車に乗せて休日に出かけたりするのかなって」

駿の爆弾発言に、私は目を見開き慌てて優太の顔を見る。でも、優太は高級車の窓ガラスが気になっているのか、窓をペタペタと触り指の跡をつけて遊んでいた。

「あ、あの、早く出発しようよ。道が渋滞しちゃダメだし」

「ああ、そうだね。じゃあ走るよ。優太くん、出発してもいい？」

「うん！」

優太の元気のいい返事を聞くと、駿は笑い声を上げて車を発進させた。

びっくりした……駿ったらいきなり何を言い出すんだろう。父親になったらって……しかも、笑顔で楽しそうに言っていた。

ここにいるのは本当の家族。だから、駿の言っていることに間違いはない。だけど、真実を知らない彼の口からそんな言葉が出たものだから、私は余計に驚いてしまったのだ。

あっさりと『本当の家族だよ』と伝えられたらどれだけいいか。でも、そんなこと絶対に言えない。

私は相変わらず、彼と再会してから同じところでずっと悩んでいる。だったら、今日のお出かけも断ったらいいのに、駿の頼みを断りきれずに受けてしまった。

私はいったいどうしたいのだろう。母親としてしっかりしてきたつもりだったけど、結局流されている。やっぱり私は……ダメな人間だ。

「まま?」

一人で考え込み、俯いていると優太が私の服を引っ張ってきた。ハッと我に返り、優太の方を向く。

「どーしたの?」

たどたどしい言葉で、無言になっていた私を心配してくれる。子どもに気を遣わせてしまったことを反省し、首を左右に振った。

「なんでもないよ。優太、麦茶飲む？」

「うん！　のむ！」

優太は出かける時、何か口に物を入れておかないと飽きてしまうらしく、長時間のお出かけの時は飲み物などをあげるようにしている。今日も退屈しないように、子どもに人気のキャラクターの絵が描かれた麦茶入りの水筒を持参していた。

「のむ！　のむ！」

「うん、ちょっと待っててね」

「おやつはー？」

「まだダメ」

じっとしていられない子どもに対して、おやつは絶大な効果を発揮する。私だって、どうしようもない時は、その力に頼ることだってある。けれど、常にそうしていたら虫歯が心配だし、おやつがなければじっとしていられない子どもになってしまう。拗ねたら言うことを聞いてもらえる。それを当たり前にしたくない。

こんな私達のやり取りを見て、前の運転席から笑い声が聞こえてきた。

「ハハッ。真央、ちゃんと母親をやってるんだな」

「えっ？」

「不思議な感じだな。あの真央が子育てをしているなんて。すごく素敵だよ」

「ちょ……」

「もっと最初からちゃんと見てみたかったな。あっ、そうだ。優太くん、お歌は好き？」

「すき！」

「じゃあ歌を流そうか。こんな歌とか好きかな？」

そう言って駿がプレイヤーを操作して車内に流してくれたのは、幼児向け教育番組の人気曲を揃えたＣＤだった。

優太は時間があればこの番組の歌を家で流しているくらい大好きだから、拗ねていた顔は途端に明るい表情に変わり、大きな声で歌い出す。

「可愛いな」

優太の様子をバックミラーで見ていた駿は、ポツリと呟いた。私は彼の自然に出た独り言に集中してしまう。

今のって本心で言ってくれたんだよね。駿って特別、子ども好きだったかな。いや、そんな話を学生時代にしたことはない。

でも、子どもを可愛いと思うことは普通の感覚だ。優太が駿の子どもだってことをわかっているから、私は敏感に反応してしまうんだ。

今から普通に接しなくちゃ。駿には、優太が自分の子どもだってこと、絶対にバレないようにしないと。

まるで重大任務を与えられたかのように、緊張感で背筋がピンと伸びてしまう。そんな私とは正反対に、底抜けに明るくて楽しい音楽と優太の歌声が車内に響いていた。


出発して三十分ほど走ると、動物園に到着した。車内はずっと優太の歌の発表会みたいになっていて、さすがに三十分も幼児向けの歌を聞いていると脳内でずっと同じフレーズがグルグルと回っている。

「子ども向けの歌って結構癖になるね。俺、好きかも。優太くん、今度カラオケで一緒に歌おうか」

駿が優太のチャイルドシートのベルトを解きながら、次はカラオケに行こうと誘っている。優太はカラオケなんて知らないから、キョトンとしている。

「ハハッ。カラオケは早かったかな。今度、一緒にお歌をいっぱい歌おうか」

「うん！　しゅんくんも、ほいくえんでいっしょにうたお！」

「保育園か－、いいな。行きたいね」

「も、もう。勝手に話を進めないで」

そんなやり取りをしながら三人とも車を降りて、動物園の入り口へと向かう。券売機に向かうにつれ、動物園独特の匂いと雰囲気が漂い、動物が大好きな優太は車内以上に興奮して今にも走り出しそうな勢いだ。

「とらー！　ぺんぎん！　みたい！」

「こら！　優太いきなり走ったら危ない！」

優太は私と繋いでいた手を離して、入り口に向かって走り出してしまった。いつものように追いかけようとしたけれど、私より先に走り出し、優太の手を掴んだのは駿だった。

「優太くん。俺と手を繋ごうか」

こういう場所に来るといつも怪我をさせないように、迷子にならないようにと神経をすり減らして行動している。だけど今は駿がいるから、自分一人で頑張らなくていい。そう思っただけでものすごい安心感に包まれた。

「真央、行くよ」

「ままー」

「ご、ごめん」

手を繋いで歩いている二人の姿をぼうっと見ていた私は名前を呼ばれ、すぐに駆け出す。そして優太が、駿と繋いでいない方の手を私に差し出してきた。

「ままも、おててちょーだい」

小さな手を思いっきり広げ、私の手を求めている。そのいじらしさに、私はすぐに手を繋いだ。

「じゃんぷ！　じゃんぷ！」

優太は私と駿に手を繋がれ、小さなジャンプを繰り返して前に進んでいる。この無邪気さを目の当たりにすると、私も大きな声で笑ってしまった。

「アハハ！　もう優太ったらはしゃぎすぎ」

「優太くん、なかなか力が強いな。なっ、真央」

駿は私の方に視線を移し、同意を求めてきた。

「うん！　やっぱり男の子だからね」

私と駿の間に優太がいて、三人で手を繋ぎながら歩いている。しかも三人とも笑顔だ。これはきっと、誰の目にも本物の家族だと映るはず。

こんな形を時々、想像しては叶うはずがないと頭の中からかき消し、いつからか想像もしないようにしていた。

でも、今実現している。笑顔で幸せいっぱいに動物園を楽しもうとしている。

いろいろと考えなきゃいけないことはあるけれど、今だけ……この楽しい時間を満喫してもいいよね。

私は自分にそう言い聞かせて、三人で手を繋いだまま動物園の中へと向かった。


まずは園に入ってすぐにある猿山を発見した優太が「おさるさん！」と大きな声で叫んで、私達を引っ張る。

猿山にいる猿達の中にはお客さんをじっと凝視している猿もいれば、床の上でゴロゴロしている猿、そして木の陰に隠れて眠っている猿もいる。

クリッとした大きな目をきょろきょろさせて移動している猿を見て、私はつい笑ってしまった。

「ふふっ。優太みたい」

「えっ？　ぼくおさるさん？」

「アハハ！　たしかに！　仕草とかよく似てるな」

私と駿はお互い笑顔になって、目と目を合わせる。朝のようなぎこちなさはなく、自然に笑い合えていることにさらに表情が柔らかくなった気がする。

それは優太にも伝わっているのか、はしゃぎっぷりに拍車がかかり、いつものお出かけよりずっと大きな声で笑ったり、走り回ったりしている。

そこで驚いたのは駿の対応だ。危険がないように、でも優太が窮屈に感じないよう、上手に動いてくれている。

彼がこんなに子どもをあやすのがうまいなんて知らなかった。私は大学の保育実習で子どもと触れ合う機会も多かったから何となくだけど、子どもはどういうことをするのか感覚的にわかっていた。

だけど、駿は子どもがいる世界とは全く異なる、ビジネスの世界にいるはずなのに、こうして上手に相手をしてくれている。

そうか、無理して頑張ってくれているのかな。優太と仲良くなれたら『三人で一緒に暮らす』という夢みたいな提案が、実現するって考えて。それで慣れない子どもの相手をしてくれているのだとしたら……。

彼の真っ直ぐな気持ちに心が揺らいでしまう。こんなに私達のことを思ってくれる駿となら、どんな困難にも立ち向かっていけるのではないか。駿の地位が危うくなったり、優太が嫌な思いをしたりすることもないのではないか。もしそうだとしたら……駿の気持ちに応えてもいいのかもしれない。

そんな気持ちを抱えながら先に歩いている二人を追いかけていく。すると、優太が駿の手を引っ張り困った顔をしていた。

「しゅんくん！　ぞうさんない！」

象がいる草原ゾーンは人気のエリアで、人がいっぱいだった。当然、小さい優太の視界には人の脚しか入ってこない。

駿はニコッと笑い優太の前に屈んだ体勢を作った。

「じゃあここにおいで。肩に足をかけるんだ」

優太が「よいしょ」と言って駿の背中に上り、頭にしがみつく。駿はそのまま優太の足を両肩にかけ、立ち上がった。

「ほら、こうしたら見えるだろ」

「いたー！　ぞうさんいた！」

「ハハッ」

駿に肩車をしてもらい、小さな手を彼の頭に乗せて嬉しそうにしている優太を見て、目が離せなかった。

私だけが知っている優太と駿の関係。実の父親に肩車をしてもらい嬉しそうにしている優太を見たら、涙が溢れそうになる。

私は、この二人を写真に収めたいという衝動に駆られた。デニムのポケットからスマホを取り出し、そっと写真を撮る。

シャッター音に気付き、駿が苦笑いしながらこちらを振り返る。

「俺達を撮ってどうするんだよ。動物を撮らなきゃ」

「あっ、ごめん。つい」

私も苦笑いをしてすぐにスマホをポケットに戻した。この写真は私のかけがえのない宝物になるだろう。誰にも見せられない秘密の一枚。

ずっと大切にしなくちゃ。

「しゅんくん、つぎきりんさん！」

「おっ、次はキリンか？　どこにいるかなあ」

視界がよくなった優太は次に、キリンをリクエストしている。優太のお願いを忠実に聞いてくれる駿は、優太を肩車したまま移動し始め、私のことを手招きして呼ぶ。

「真央、置いていくよー」

「ままー！」

「うん、今行くね」

二人に呼ばれ、胸の奥がじんわりと温かくなる。こんな感情は初めてで、一生、忘れることはないだろうと思った。

それから草原ゾーンでキリンやライオン、トラを見て優太は大興奮して喜び、その後に南極ゾーンのペンギンを見ることもできた。駿がずっと肩車をしてくれていたおかげで、優太は疲れたと言ってぐずることもなく、笑顔でいられた。

二人で出かける時は優太の様子ばかり気になって、その場を堪能することなんてできない。しかも大抵は、途中で疲れて機嫌が悪くなる優太を抱っこして歩くことになるので、本当に大変だ。

お父さんがいる家庭ってこんな感じなのかなって少し羨《うらや》ましく思ってしまう。

「ままー、おなかすいた」

そんなことを考えていると、まだ駿に肩車をしてもらっている優太の声が上の方から聞こえてきた。

続けて、駿が園内マップを見ながら口を開く。

「たしかに、お腹が空いたね。どこかお店に入ろうか」

「ううん！　まま、おべんとう！」

「えっ、お弁当？」

優太は駿が持ってくれているバッグを指さし、そこにお弁当が入っていると伝える。

その意味がわかった駿は、目を見開いてキラキラさせていた。その瞳はまるで象を見ていた優太を思い出させ、やっぱり親子だなって感じてふっと笑ってしまう。

「うん、作ってきたの。よかったら食べない？　といっても、そんな大したものじゃないけど」

「そんなことない！　真央が作ってくれたの？　うわ、すごく嬉しい」

弾んだ声からは、喜んでくれているのがストレートに伝わってくる。休日に早起きをしてお弁当作りをするのはなかなか辛かったけれど、こうして喜んでくれたのなら頑張ったかいがあった。

「じゃあ、お弁当を食べられる広場を探そう」

「ぼく、おりる」

肩車から降りた優太に私が手を差し伸べると、優太は何の迷いもなく駿の手を取り歩き出した。

「ハハッ。よかった、俺、気に入ってもらえたみたい」

駿はまんざらでもない表情を浮かべ、二人は青空の下を並んで歩く。私はその後ろ姿を眩《まぶ》しく見つめ、ついていった。

駿が園内マップで見つけてくれた広場はすでに大勢の人がレジャーシートを敷いて

お弁当を広げていたけれど、大人二人と小さな子どもが一人座るくらいのスペースはあり、そこに持ってきたレジャーシートを敷く。

優太が好きなものばかりを詰めたお弁当は大企業の社長に食べさせるようなものではないかもしれないけれど、お弁当を広げた途端二人とも「おおー」と同じ反応をして喜んでくれた。

「まま、たべたい！」

「ちょっと待ってね。おしぼりで先に手を綺麗に拭くからね。おにぎりはしっかり持つんだよ」

優太の手を綺麗に拭いた後、鮭《さけ》の具が入ったおにぎりを渡す。

駿には紙皿と割り箸を渡し、私は人数分のお茶を用意する。

「いただきます！」

優太が大きな声で言い、大きな口でおにぎりにかぶりついた。駿は卵焼きやウィンナー、から揚げやポテトが入ったお弁当を凝視してから卵焼きを取り、口に含んだ。

「……懐かしいな、真央の卵焼きの味。俺、すごく好きだった」

駿はポツリと言った。周りは家族連ればかりで騒がしいはずなのにその言葉は鮮明に聞こえてきて、戸惑ってしまう。

「お、覚えてるの？　あんまり駿にはご飯を作ったことがなかったのに」

「真央との思い出は全部鮮明に覚えているよ」

にっこりと微笑み、彼は甘い言葉を囁く。ここは動物園なのに、その雰囲気に似合わないときめきが胸の中で生まれ、心臓がすごくうるさい。

そんな中、優太の「あっ」という声が聞こえてきた。

「こぼちた……」

優太は手に持っていたおにぎりをレジャーシートに落としてしまい、半泣き状態になっている。私は我が子のサポートを忘れていたことに気付き、慌てて優太に声をかける。

「ごめんね、優太。新しいおにぎりあげようね」

「大丈夫！　そのおにぎりは俺が食べちゃうから！」

そう言ったかと思うと、駿はレジャーシートに転がった優太の食べかけのおにぎりを、自分の口の中に放り込んでしまった。

お互い優太のフォローに必死だ。子どもがいると、甘い雰囲気もあっという間に現実世界に引き戻される。そんなことに、二人で苦笑してしまった。

お弁当を食べ終えた私達はまた、動物園を満喫すべく三人で歩き始めた。

そうしてたどり着いた先は、爬虫類《はちゅうるい》ゾーンだった。私が苦手なせいで、今まで全く爬虫類に触れたことがなかった優太にとって、ここはとてもいい刺激になったらしい。初めて生で見るトカゲや蛇に、興味津々だった。

駿はというと、私と違って爬虫類が好きなようだった。緑色でゴツゴツとしたトカゲを見て「可愛いね」なんて優太と共感し合っている様子は、とても衝撃的だった。

正直言って爬虫類ゾーンは苦手な場所だったけれど、私が知らない駿と優太の一面を見ることができたので、来てよかったと思う。

そうこうしているとあっという間に時間が過ぎ、気付けば夕方の四時になっていた。

その頃になると疲れ切った優太はすっかり眠りこんでしまった。

そんな優太を、今は駿がおんぶしてくれている。もう閉園時間も近いので、私達のような小さな子ども連れのファミリーは、疲れて眠ってしまった子どもを抱っこしたり、ベビーカーに乗せて押したりしている。どの親も疲弊した雰囲気はあるけれど、子どもの寝顔を見てとても満足気で幸せそうだ。

私達も周りからは、そんなふうに見えているのかな……。

「ごめんね。優太、重たくない？」

「いや、全然大丈夫。それよりすごいな。いつもこんなことをしているんだろ」

「子どもを育てているんだから、これくらい当たり前だよ。病気で寝込んでしまうより、こうして元気いっぱいに遊んでくれている方が嬉しいもの」

小さい子どもはしょっちゅう熱を出したり、吐いたり、下痢《げり》をしたり……と忙しい。看病をする時は本当に心配で、いつも早く治ってほしいと心底願う。

たしかに元気が有り余っている三歳児の相手をするのは、本当に大変だし疲れる。けれど、体調を崩して辛そうにしている優太の顔を見ることに比べれば、疲労などどうということもない。

そんな私に駿はフッと優しい微笑を浮かべ、こちらをじっと見た。

「そっか。さすが保育士さんを目指していただけあるな。子どもに対する考え方が素晴らしいよ」

「保育士とか関係ないよ。母親として当たり前だよ」

「そっか、そうだよな。こんないい奥さんと可愛い子どもがいるのに、離婚した人、本当馬鹿だな。俺なら絶対に離したりしないのに」

誰にも聞こえないくらいの小声で、駿は冷たく言い放った。その言葉に私の心臓はどくんと動き、後ろめたさでいっぱいになる。

存在しない離婚した夫の話を出され、どう返事をしようかと頭をフル回転させて考えた。

だけど「まあね」という安易な返事しか出て来ず、気まずい空気が流れる。

「悪い。つい本音を言っちゃったよ。それに今日のこともたくさん悩ませたよな」

「えっ……」

「朝、車の中で無言の時があっただろ。あの時、俺が強引に誘ったとはいえ、来たことを真央は後悔してたんじゃないか？」

「それ……は……」

「俺と優太くんを会わせたくなかった？」

息が止まるくらいびっくりした。そして手のひらに冷や汗を感じる。

すぐに返事ができないのは、会わせたかった、でも会わせたくなかった。その両方ともを感じていたからだ。

「……ごめん。また悩ませたね。答えは言わなくていいよ。こんなところで、いきなり聞いてごめん」

「ううん、私の方こそ……ごめんなさい」

「これからはいつでも会えるんだ。ゆっくりと距離を縮めよう。真央と優太くんに受け入れてもらえるように、俺まだまだ頑張るから」

背中にいる優太をチラッと見て、駿は眩しそうに目を細める。

駿は本気なんだ。本気で私とやり直そうとしているし、自分の子どもではないと思っている優太を大切にしようとしてくれている。

正直、今日のお出かけで私の心は大きく動いていた。駿と優太の父子の絆のようなものを、ひしひしと感じたのだ。『優太はあなたの子どもなの』と告白する気はないけれど、二人を無理に引き離そうという気持ちはすっかりなくなっていた。

『駿に誘われたから』じゃなく、自分の気持ちをきちんと伝えなくちゃ。彼の思いに真剣に向き合わなくちゃいけない。

「また……えっと、次は……大きな公園にでも行こっか」

「えっ、またこうして会ってもいいの？」

「うん。あっ、でも駿の仕事が忙しくなかったらでいいから」

「何としても時間を作るよ。真央と優太くんに会えるなら、どんな無理をしても作る」

「そんな無茶しないで」

クスッと笑った、はにかむ駿の顔はまるで少年のように嬉しそうで、優太にそっくりだ。そのたびにとくんと胸の中で甘い音が鳴る。今日は何度このときめきを感じただろう。やっぱりこの人は優太の父親だと再認識したからかな。

「また連絡するよ。近いうちに必ず時間を作る」

「うん、待ってるね」

そんな会話を終え、優太の眠りの妨げにならないようにお互い必要最小限の会話をしながら歩く。だけど、その静かな空間に気まずさはなく、むしろ居心地がいいものだと感じる。

最初は緊張していた心も今は随分と穏やかだ。そんな自分に驚いている。

車に戻ってチャイルドシートに座らせても、優太は全く目を覚まさなかった。私はというと、早起きしてお弁当を作ったり、動物園で歩きっぱなしだったりしたこともあり、抗《あらが》い難《がた》い睡魔に襲われる。

何とか眠らないように頑張っていたけれど、重くなったまぶたが閉じてきてしっかりと起きていられない。

「ハハッ。真央、眠いのなら眠ってくれていいよ」

「でも、運転してもらってるし、駿だって疲れているのに」

「俺は大丈夫。今日はすごく楽しかったからまだ元気だよ。真央は帰ってからも優太くんの面倒を見なきゃいけないんだから、今のうちに体力を回復しておいて」

「ありがとう……じゃあちょっとだけ」

「うん、おやすみなさい」

駿の気遣いに甘えた私はすぐ、眠りの世界に落ちてしまった。時間はあっという間に過ぎ、駿に声をかけられて目が覚めたらもう、そこはアパートの前だった。

「真央、起きて」

私の前髪に温かい指のようなものが触れる。その感触に目が覚め、ゆっくりと目を開けると駿が微笑しながら私の顔を覗き込んでいた。

「ごめ……爆睡しちゃった」

「いいよ。二人の寝顔、可愛かったからずっと見ていたかったけど」

笑いながらそう言うものだから、顔が熱くなってしまい右手の甲で口元を隠した。

「優太くん、どうしようか。起こす？」

駿が優太の方に目配せをしてどうしようか聞いて来る。ぐっすり眠っている優太を起こすのもかわいそうになり、私は首を左右に振った。

「このまま抱っこして家に入るよ。ここまで送ってくれてありがとう。荷物もらうね」

私が後部座席から降りて荷物を取りに行こうとしたら駿が手で制する。

「荷物は俺が持って上がるから、真央は優太くんを抱っこしてあげて」

「いいの？」

「もちろん。こんな時は頼って」

ニコッと屈託《くったく》のない笑みを浮かべ、駿は私のリュックサックやお弁当が入っていたトートバッグ、動物園で買ったお土産などたくさんの荷物を両手で持ってくれた。

その間に私はチャイルドシートのベルトを外し、優太を抱っこする。

「部屋は二階なの」

「わかった、先に行ってて」

彼は車のキーをロックして私の後をついてくる。あっ、家の中は朝のままだから、散らかっていたな。しまった……せめて床に散らばっている優太のおもちゃだけでも片付けておけばよかった！

そう後悔したけれど駿は部屋の中まで入ってこようとせず、私が優太を布団の上に寝かせて両手が自由になるまで部屋の外で待っていてくれた。

「ごめん、待たせちゃって」

「いいよ。はい、これ荷物」

「うん、もらうね。今日は本当にいろいろとありがとう。最高に楽しかった」

「そう言ってもらえてよかった。俺だけ楽しかったらどうしようかと思ってたよ。次も楽しみにしてる。真央と優太くんの笑顔が見られてよかった」

駿はそう言って大きな手で私の頭を優しく撫でると、手を振って帰っていく。

触れられた頭がポカポカする……こんなこと、付き合っている時は当たり前のスキンシップだったのに、今はこんな触れ合いでも身体中が熱くなってくる。

「……駿、今日すごく頑張ってくれていたな」

触れられた頭を自分の手で撫でながら、彼の今日一日の行動を思い返してみた。今まで子育てなんてしたことがなかった彼なりに、必死に優太に付き添ってくれた。

怪我をしないように、迷子にならないように、飽きないように、楽しめるように。

おかげで私もすごく満喫できた一日だった。

彼となら一緒に暮らしても楽しい新生活が待っているかもしれない。まだたった一回だけど、一緒に過ごしてそう思えるくらい頑張ってくれた。

今日一日のことを思い出していると、眠っていたはずの優太の小さな泣き声が聞こえてきた。あっ、起きちゃったんだ！と気付き、慌てて寝室の方に行く。

「優太、起きちゃった？」

身体を起こした優太は、まだ寝ぼけているのか座ったままぼうっとしている。口が半開きになっていてその様子がとても可愛らしく、ついクスッと笑ってしまった。

「おうち……？」

「うん、帰って来たよ」

「しゅんくんは？」

「帰っちゃったね」

起きてすぐに駿のことを聞く優太にもびっくりしたけれど、もっとびっくりしたのは駿が帰ったことを知った優太の心底悲しそうな表情だ。

「もうあえない？」

半泣き状態になった優太は、必死に口を動かして私の方を見上げる。私は優太の頭を撫でながら優しい口調で問いかけた。

「優太はまた会いたい？」

「うん！　あいたい！」

寝起きなのにここまではっきりと喋る優太は珍しい。今日、駿と過ごした時間がよっぽど楽しかったんだろうな。

私は二人が予想以上に仲良くなってくれたことが嬉しくなり、優太の頭を撫でながらまだ確実ではないのに、次の約束を話してしまった。

「わかった。実はね、次は大きな公園に行こうかって約束をしたの。優太、行きたい？」

「いきたい！　しゅんくんにあいたい！」

「よかった。また駿に遊びに行ける日を聞いておくね」

「やったあ！」

テンションが上がり、眠気がすっかり飛んでしまったのか、優太は布団の上で手足をジタバタさせてとても喜んでいる。

その様子を見ながら、優太のためにもなるべく早く約束を取り付けないとな……と、思った。

本当は、はっきりさせなくちゃいけないことがある。でも今日のお出かけで大きく揺れた心のまま、早急に答えを出すことはできない。

私はそう思って、嬉しそうに動く優太の姿を愛おしく眺めていた。

その約束はすぐに取り付けることができた。

翌日の夜、お風呂に入り優太の髪を乾かしているとスマホのメール受信音が鳴った。送信してきたのは駿だ。内容は【来週は出張があるから行けないけど、再来週の土曜日に公園に行かないか？】という誘いの連絡だった。

「優太、駿が再来週の土曜日、公園に行こうって」

「いく！」

私の話を聞いた優太は、即答で大きな声で返事をした。目もキラキラして見開いていて、嬉しさが爆発しているって感じだ。

「わかった。伝えておくね」

来月になると、そろそろ梅雨に入るから、雨が続く前に公園に行けるのはよかったな。それも、また駿と一緒なんて……。

秘かに楽しみにしている自分もいて、彼を頑なに拒んでいたことを忘れてしまいそうになる。

それだけこの前の動物園が楽しくて居心地がよかったのだろう。

四年前、あんなに強い決心をしてここまでやってきたのに。たった一日一緒に過ごしただけで、こんなにも大きく心を揺さぶられるとは、なんて滑稽《こっけい》なんだろうと思う。

でも優太と駿が楽しそうに笑い合っている姿を見ると、こうなってよかったかもなんて思えてしまう。

「優太は駿に会えて嬉しい？」

「うん！　うれしい！」

「そう。じゃあいっぱい遊ぼうね」

「うん！　あそぶ！」

嬉しさ全開の優太を見て、私も笑顔になれる。

私が抱えている問題は二つ。一つ目は『三人で暮らす』ということ。正直、とても心が揺れている。これはもともと駿が提案してくれたことだし、そうなったら優太は大喜びだろう。金銭的な問題も解決するので、本音を言うとてもありがたい。

そしてもう一つの問題は『優太と駿が本当の父子だと打ち明ける』ということだ。大学生の私達にこの選択肢はなかった。けれど今の私達なら……？

そこでふと、彼のお世話係の森山さんの言葉を思い出す。私と優太の存在は、やはり駿のためにならないのだろう。

森山さんのことを考えると、気が重くなる。彼は今、こうして私達が会っているのを知らないはず。知っていたらきっと、何かしらのアクションを起こして私達を会わせないようにするだろう。駿を立派な社長にするという彼の執念は、ちょっとやそっとでは消えないよね。

「ままー。こわいかおしてる」

私の悩んでいる顔が、優太にとっては怒っている顔に見えたらしい。慌てて笑顔に戻し、覗き込むように私を見ている優太をギュッと抱きしめて安心させた。

「ごめんね。怒ってないよ。大丈夫」

頭を撫で、安心させていると優太は私の頬を両手で掴み、小さな手で擦り始めた。

「まま、しゅんくんといるとき、すごいえがお。かわいーねー」

そう言われ、ハッとさせられる。私、駿といる時そんなに笑顔が多かったんだ。優太と二人でいる時は、余裕がなくてこんなふうに悩んで怖い顔を何度も見せていたのかもしれない。

それが駿といる時は、優太も気付くぐらい笑顔が多かったなんて……。

「ばあばとじいじといるときも、えがお、かわいーよ」

さっきの言葉に付け足してくれたのは、私のお母さんとお父さんといる時も笑顔でいるということ。

この子なりに気を遣ってくれているのかと思うと、愛おしくてたまらない。

「ありがとう。優太は優しいね」

優太の額に自分の頬を擦りつけ、触れ合いを楽しむ。駿にはその後すぐ、再来週の土曜日を楽しみにしているという返信をした。

約束の日までの二週間、優太は毎日寝る前に『あとなんかいねんねしたら、あえる?』と聞いて来た。それくらい駿と公園に行く日が楽しみなのだろう。

『あと十回だよ』『あと四回だよ』などと言うたびに、私も待ち遠しい気持ちに拍車がかかる。

仕事は変わらず、伝票入力やメールの返信、電話対応など同じことの繰り返しなのに、なぜか毎日が色づいて見える。

「真央ちゃん、最近瞳が元気ね。笑顔も多くなってきたし」

「そ、そうですか?」

お昼休みに入る前、米澤社長にそう声をかけられて肩が上がった。

「いいことよー。お母さんが笑顔だと子どもも嬉しいもんね」

私の肩をポンッと叩いて、米澤社長は自分のデスクに戻る。笑顔が多くなってきた、か……自分でも気付かなかったけれど、駿からいい影響をもらっているんだ。

そんなに土曜日が楽しみなのかな……あまりにも単純な自分にびっくりするけど、

もともと私は昔からこんな性格だった。

駿が現れて昔の自分に戻ってしまった気がする。ダメだ、しっかりしなくちゃ。今の私には優太という大切なものがあるのだから。その場の雰囲気に流されて、大事な決断を誤ってはいけない。

でも、土曜日の約束は楽しみにしていてもいいかな。つい、土曜日のことをすぐに思い出してしまうくらい、私も浮かれている。


そんなフワフワとした楽しい気持ちのまま日が経ち、約束の土曜日になった。

この日も駿は車で、私達を迎えにきてくれた。優太の目がキラキラになるかっこいい高級車がアパートの前に止まっている。

「しゅんくん、きた！　きた！」

「うん、そうだね。来たね。行こっか」

「うん！」

家の窓から外を見て駿の車を見つけると、優太は大興奮している。私は優太をなだめながら荷物を持ち、戸締りをして部屋を出た。

アパートの階段を優太と手を繋ぎながら降りるけれど、最後の二段になると優太は私の手を振り払い、駿のもとへと駆け出す。

「おはよう、優太くん、真央」

「おはよー！」

駆け寄って来る優太をしゃがんで両手で受け止める動きは、もう慣れたものだ。たった一回過ごしただけだけど、駿と優太の距離はすっかり縮まっている。

「お迎えありがとう。大変じゃない？」

「全然。楽しみすぎて早く来ちゃったよ」

クスリと笑い、優太を片手で抱っこする駿の姿を見て、ドキッとした。

その仕草があまりにも自然で、目が釘《くぎ》づけになってしまう。

「いこー！　こうえんいこ！」

「よし、今日もいっぱい遊ぼうな」

「うん！」

元気よく返事をする優太をそのまま後部座席に連れていき、チャイルドシートに乗せてくれる。

私はその間荷物を後部座席に乗せ、自分も乗り込んだ。

車は出発し、向かったのは二十分ほど走った先にある緑地公園。梅雨に入る前だかくら少しジメッとした湿気が混じった天気だったけれど、雨は降っておらず気温も高くないから外遊びにはちょうどよかった。

公園では、大きな広場を見つけたらそこでしばらくボール遊び。アスレチックがあるところでは駿がずっと優太に付きっきりで、一緒に滑り台を滑ったり、高い場所に連れていってくれたりした。

私はレジャーシートを敷いて荷物番をしているだけで、のんびりさせてもらっている。こんなに落ち着いて優太が遊んでいる姿を見るのは初めてだ。

「すごくいい笑顔で遊んでいる……よっぽど楽しいんだろうな」

滑り台の順番をちゃんと守っている優太は、後ろにいる駿にどこかを指さして話しかけている。随分と楽しそうだけれど、いったい何を話しているんだろう。家はどの方向なのか、なんて聞いているのかな。

二人のやりとりが微笑ましくて、また一人で笑ってしまった。

緑地公園ではお昼のお弁当を食べた時間も入れて六時間ほど過ごした。今回も案の定、優太はくたくたに疲れ切り、駿に抱っこされた腕の中で爆睡してしまっている。

「ちょっと遊びすぎたかな」

「ううん、すごく喜んでたよ。ありがとう、私じゃこんな長時間遊んであげられないからすごく助かった」

「テニスサークルの時に体力をつけといてよかったな。こんな場面で役に立つとは思わなかったよ」

優太を抱き直して駿は笑いながらそう言った。私はもう違和感なく優太を抱っこしている駿の姿を見て、思いをそのまま口にする。

「もうすっかり慣れたね」

「ああ、俺のことを受け入れてくれて、本当によかった。真央の育て方がいいんだろうな」

「そんなことないよ。毎日必死だから、正解の育児ができているかなんて、わからないし」

それは心の奥底の本音だ。今まで無我夢中で育児をしてきたけれど、怪我をさせないように、体調を崩さないように気を付けていた以外、ちゃんと優太と向き合えてきたかわからない。

お父さんやお母さん、幼なじみの理奈が手伝ってくれているから優太を育ててこられたようなものだ。

「一人じゃ大変だろ」

駿は心配そうな声で私にそう言ってくれる。

「うん……まあね。でも、手を貸してくれる人がいるから今まで頑張れたんだよ」

「それなら、俺もその一人……いや、これからは俺のことを一番に頼ってくれないか？」

「えっ？」

「この間の話、改めて真剣に考えてほしい。俺はいつでも真央と優太くんが来てくれるのを待っている」

「駿……」

「気持ちは変わってないよ。むしろ、初めて優太くんと会った時より今の方がずっと一緒にいたいと思ってる」

はっきりと力強い声で言う駿の眼差しは真剣だ。その目は真っ直ぐこちらに向いていて、逸らすことをしない。

お互い無言になってしまった私達の耳に届くのは、緑の木の葉を揺らす風の音。遠くには、まだ遊んでいる子ども達のはしゃぐ声が聞こえる。

そんな声を耳にしながら、私は口を開いた。

「……ありがとう。その気持ちが嘘じゃないってことは、この間と今日の駿の姿を見てわかっているつもり」

「じゃあ……」

期待がこもった声を私は首を振って制した。

「もう少しだけ……考える時間をちょうだい。三人で暮らすということ、前みたいに頭ごなしには拒否しない。今の状況をきちんと踏まえて、真剣に考えてみる」

「わかった。いい返事を期待して待ってるよ」

私の小声にも近い返事とは反対に、駿は力強い声で爽やかにそう言った。ニコッと屈託なく笑うその顔は、付き合っていた頃そのままだ。

その笑顔につられて、私も不器用だけど笑顔を返すことができた。


帰りの車内でも優太はチャイルドシートで爆睡していた。半開きの口が可愛くて、見るたびに癒される。それは駿も同じだったようで、赤信号で停まるたびに後部座席の方を見て「可愛いなあ」と言っていた。

そして私のアパートに到着した。チャイルドシートのベルトを外している間に駿は荷物を取り出してくれ、前と同じように二階にある部屋まで私が優太を抱っこして階段を上がり、駿が荷物を持ってくれた。

今日も玄関までついてきてもらい、私はせめてものお礼にと用意していた缶コーヒーとミント系のガムを渡した。

「眠気防止になるかと思って」

「ありがとう。すごく助かる」

缶コーヒーとガムが嬉しかったのか、私の頭を何度も撫でて駿は「ありがとう」ともう一度言う。

撫でられたところがものすごく熱い……これは私が意識しているからだ。

「じゃあ連絡待ってるね」

駿は缶コーヒーとガムを受け取ると、そう言い残して帰って行った。私は浅いため息をつきながら部屋の中へと入る。

アパートに戻ったことを気配で気付いたのか、布団の上で優太はゴロゴロしていて、今にも起きそうだ。

「あーあ、ゆっくりできる時間はないな」

笑いながら愚痴をこぼし、とうとう起きて座ってしまった優太のところに向かう。

アパートに戻ったことを確信した優太は、以前と同じように拗ねた顔になっていた。

「……しゅんくんは？」

「帰っちゃったよ」

「もっと……あそびたかった……」

駿がいないことがショックなのか、優太は今にも泣き出しそうだ。私はそんな優太を太ももの上に乗せて抱っこした。

「ねぇ、優太」

「なに？」

私を見上げる優太の額を撫でながら、ちゃんと届くように穏やかな声で話し始める。

「優太は駿のことが好き？」

「うん！　だいすき！」

「一緒にいたい？」

「うん！」

「じゃあ……しばらく駿と一緒に暮らすことになってもいい？」

「いっしょ？」

「そう一緒。起きる時も寝る時もご飯を食べる時も一緒だよ」

「いい！　いいよ！」

さっきまでの寝ぼけまなこはどこに行ったんだろう。私から離れ、小さくジャンプして、布団の上で喜びを最大限に表現している。

優太がこれだけ喜んでくれるんだ。今の私にもう迷う必要はない。ただ、一緒に住むとなると、私にも決意と覚悟が必要だ。もしかしたら、何かの拍子で優太が駿の子どもだってバレるかもしれない。

駿と優太が一緒に生活できるのは、とても素敵なことだ。でも本当の父子だと告白していいかどうか……それはまだ、はっきりと判断できないでいる。駿や優太のためにならないとわかった時は、すぐに同居を解消するつもりでいなくちゃ。

ずっとは続かないであろう家族ごっこを優太はどう思うだろうか。私は母親として残酷なことをしているのかな。

どれくらいの期間、一緒に暮らせるかはわからない。もしかすると、駿が私達を疎《うと》ましく思うことだってあるかもしれない。森山さんに見つかって、全てがなかったことになる可能性だってある。そう考えたら『お試しで住んでみる』というのも悪くない選択のように思える。あまり重く考えず、軽く考えてみよう。問題が出てきたら、すぐに同居を解消すればいい。

自分にそう言い聞かせ、目の前で喜ぶ優太を思い切り抱きしめた。

翌日の夜、優太に夕ご飯を食べさせてお風呂に入り絵本を読んで寝かしつけた後、私は大きく深呼吸をしてスマホの操作を始めた。

電話をかけた先は駿だ。もしかしたら仕事中かもしれないと思った。それなら留守番電話にまた電話すると伝えたらいいかなと思いながら、通話ボタンをタップする。

すると、三回目のコール音で通話に切り替わった。

『もしもし？』

駿の声が通話口から聞こえてくる。弾んでいるように聞こえるのは都合のいい私の思い込みかな。

「急に電話してごめんね。今、大丈夫？」

『ああ、さすがに日曜日は仕事をしてないよ。家でゆっくりしてた』

「ゆっくりしている時にごめんね」

せっかくの休日なのに夜遅くに電話したことは間違いだっただろうか。そんな不安に駆られたけれど、駿は優しい声で笑ってくれた。

『ううん、真央の声を今日も聞けて嬉しい。でも、電話をくれたってことは、答えを出してくれたのかな？』

焦っているのか若干、口調が早口になった。早く答えが聞きたいのだと悟り、私は軽く息を吸った後、口を開く。

「うん……その……一緒に暮らすかどうかっていう返事だけど……」

『気持ちは決まった？』

やはり焦っているのか、私の声を遮《さえぎ》って答えを求めてくる。そんなふうに言ってもらえるのが嬉しくて気分も高揚し、寝室で眠っている優太の顔を見ながら素直に言葉が出てきた。

「優太と話し合ったんだけど、私達の気持ちは同じだった。駿と一緒に暮らしてみたいって」

すぐに返した私の言葉に、駿は息を呑《の》んでいる。そして電話の向こうでは小さな声で『ハハッ』と明るい笑い声がした。

『じゃあ……』

「しばらくの間、お世話になります」

『……よかった』

嬉しさを噛みしめるように、駿はポツリと呟いた。もっと大きな反応が返ってくるのかと思っていたからこれは予想外だ。

大きく息を吐く音も聞こえてきたから、彼なりに緊張していたのかもしれない。

「いつまでになるかわからないけど、これからよろしくお願いします」

『いつまでだっていたくなるようにさせるよ。これからは真央も優太くんも俺が守るから。安心しておいで』

私はあくまでも期間限定のつもりだったけれど、駿にそういうつもりはないらしい。

それを聞いた私は返す言葉がなくて、口ごもってしまう。

『早く一緒に住みたいよ』

独り言のように呟いた彼の声は私の耳にはっきりと届き、自然と頬が緩んでしまうのを我慢できなかった。

第六章

両親には米澤社長の紹介で今より広い家を紹介してもらうことになり、そこのオーナーと同居することになったと説明した。

突然の転居話を心配した両親は、引っ越しを手伝うと言ってくれた。けれど両親と駿を会わせることに気が引けた私は、有難い申し出だったけれどそれを断った。

私の妊娠がわかった時から何も言わず、ずっとお世話になりっぱなしだった二人に嘘をついてしまったことをとても後悔したし、後ろめたい思いでいっぱいだ。

とはいえ、同い年の男性と同居だなんて余計な心配をさせるだけ。この生活もどれくらい続くかわからないし、駿が優太の父親だということがバレないとも限らない。だから住所や固定電話といった必要最小限のことしか、言わないようにした。

私達の引っ越し荷物はとても少なかった。というのも駿が『三人で暮らすのに必要なものは、全てこっちで用意するから。優太くんの生活にいるものだけ持っておいで』と言ってくれたからだ。私は有難く、その言葉に甘えることにした。

家電や家具などはすでにあるし、必要なものといえば優太が寝る時に必ず握っているタオルくらいかな。あとは、お気に入りのおもちゃやＤＶＤ、保育園で使うものなどを用意して、引っ越しの準備は思ったよりも早く終わらせることができた。

とはいえ仕事と育児、家事をしながら引っ越し準備をするのはとても大変だった。お父さんやお母さん、親友の理奈が度々、保育園後の優太を預かってくれたので、その間に箱詰めや、処分するものの仕訳などを済ませた。

「ままー、まだいかない？」

「あっ、そうだね。そろそろ時間だ。行こっか」

今日はとうとう引っ越しをする日だ。駿とは、休日に片付けを済ませられるよう、土曜日に引っ越しをする約束をしていた。

引っ越し業者は駿の会社と提携しているところがあるらしく、手続き関係は全て任せた。

午前中に荷物の搬送を終わらせ、あとは私達が移動するだけ。

駿が迎えに来てくれる時間はお昼の一時で、今はもう十二時五十分だ。アパートの中にいるのが我慢できない優太は外で待っていたいらしく、スマホで大好きな教育番組を流しているのに、全く集中しない。

駿に会えることが相当嬉しいらしく、窓から外を眺めてはウキウキしていた。

スマホを鞄の中に入れ、必要最低限の荷物を持ち、アパートを出る。季節は梅雨入りをしていて、朝から雨が降っていた。

「あめー」

「雨だね。濡れないようにカッパ着ようね」

優太にカッパを着せて施錠をする。アパートの一階に住んでいる大家さんに鍵を返してこのアパートとはさよならだ。

どんよりとした空から降り注ぐ、キラキラとした雨粒を見上げ、感じるのは不安と期待。だって、駿との共同生活はいつまで続くかわからない。

今は歓迎してくれているけれど、それがずっと続く保証はないもの。もしかしたら、すぐに出ていくことになるかもしれない。その時は駿がいいマンションを探してくれると電話で言ってくれた。

『そうならないように頑張るよ。ずっと一緒に暮らしたいから』

通話口の向こうで力を込めて言い切った彼の言葉が耳にこびりついている。その気持ちに私の心は甘く疼《うず》き、これから始まる三人での生活に期待せずにはいられなかった。

一階の大家さんに、お世話になりましたと挨拶をして、優太の手を繋いで軒下で三分ほど待っていると、駿の車が到着した。

「きた！　くるま、きた！」

「優太、気を付けてね」

運転席にいる駿の顔を見つけ、ピョンピョン飛び跳ねたかと思うと、優太は車に向かって駆け出した。

「しゅんくん！」

「お待たせ、優太くん」

一目散に運転席に向かい、駿の顔を見つけると満面の笑みを向ける。駿はそんな優太の表情を見て、顔を綻《ほころ》ばせていた。

「迎えに来てくれてありがとう」

「待たせてごめんね。さっ、雨が降ってるから濡れないうちに乗って」

駿のサポートで私達はバタバタと車に乗り込み、シートに収まった。運転席の駿は後部座席を振り返り、満足気に私達を見つめる。

「今日からこの車も自分の車だと思って乗ってくれていいから」

そんなことをいきなり言うものだから、目を見開いて驚いてしまう。

「やった！　かっこいいくるま！」

純粋に喜んでいる優太と私の反応が全然違い、駿は耐えきれず笑い出した。

「あ、ありがとう」

私はお礼を言うだけで精一杯だ。駿はクスッともう一度笑うと車をゆっくり発進させた。


車を十分ほど走らせると、会社近くの見慣れた景色へと変わる。

駿が私達と暮らすために引っ越してきた家は、この田舎町でもまだ栄えている地域にある一軒家だ。近くには駅やファミリーレストラン、ショッピングモールに私が勤めている米澤や優太が通っている保育園もある。

駿は研修期間中に住んでいた一軒家をリノベーションして、三人で暮らしやすい仕様にしてくれたのだという。工事は私の返事を聞くより前から取り掛かっていたというから、呆れてちょっと笑ってしまった。

駿が購入した家は築年数が三十年くらい経っているらしい。けれど外観は綺麗に塗装されていて、一目見ただけでは中古物件とは思えないほど。

でも、さらに驚いたのは、家の中が完全リノベーションされていたことだった。

どこを見ても最新の設備ばかりで、築年数が経っているとは思えないくらい綺麗だ。

「真央達が来るまでの一ヶ月で、床もバリアフリーにしたし、水回りや部屋の内装も最新のものに変えたんだ。かなり住みやすくなったと思うよ」

聞くともともと間取りは４ＤＫの二階建てだったらしいけど、一階部分をキッチンとリビングが繋がるワンルームに変え、二階は三部屋のままだけど収納を少なくして部屋を広くしたらしい。

一階部分は仕切りがないせいかとても広く感じ、リビングルームにはセンターテーブルが置かれていて、二人掛けと三人掛けのソファもある。

テーブルや棚などの角にはぶつかり防止のコーナークッションがついていて、優太のためを思って設置してくれた優しさが嬉しかった。

壁紙は清潔感のある白色で、優しいベージュ色のソファ達との相性もいい。家具は全てＡＯＹＡＧＩで揃えたから雰囲気が統一されていて、落ち着いた空間だ。テレビも大きいし、映画鑑賞をしても楽しいかもしれない。

そして、私が最も気に入ったのはリビングから見える大きな庭だ。今日は残念ながら雨だけど、晴れた日にここから入り込む日差しはとても気持ちがいいだろうし、優太とも夏はビニールプールやバーベキュー、冬は積もった雪で雪だるまを作って楽しめそう。お花を植えて、家庭菜園もしてみたいな。

大きな木の下にあるウッドベンチに座って、遊んでいる優太を駿と二人で見守ったり、お茶の時間を楽しんだりしたら素敵だろうな……。

ドアも窓も壁も全てが新しくなっていて、新築に引っ越してきたみたい。

二階に上がると、部屋が三つある。そのうちの一つは駿の部屋で、ちょっとした仕事ができるデスクや、ベッドが置いてある。深いブラウンカラーを基調とした、落ち着きのある部屋だ。

壁に備え付けられた棚には、経営学や家具関連の本がずらりと並んでいる。中には文房具関係の本がいくつもあり、駿が米澤との仕事に本気で取り組んでいるのだということを再認識させられる。

一番広いのは私と優太が一緒に寝る部屋で、主に私の服や細々としたものが収納できるようになっている。大きな窓から日の光が差し込む、とても明るい部屋。角には三面鏡になった白色のドレッサーもあり、メイクやヘアセットができる自分だけの場所ができたと思うと、すごく嬉しくなった。

そして一番コンパクトな一部屋は優太のために用意してくれたらしい。綺麗な水色の地に電車の模様が入った壁紙。積み木のようなミニタンス。部屋の中は、優太が大好きな教育番組のキャラクターのおもちゃで溢れかえっていた。

「わー！　たぬたぬがいっぱい！」

優太はたぬたぬが大好きで、保育園で使うコップや水筒などは全てたぬたぬで揃えている。

「喜んでもらえてよかった」

おもちゃの中で目をキラキラさせている優太を見て、腕を組んでドアの縁にもたれている駿がホッとした表情をしている。

私は彼の腕をそっと掴み、ツンッと引っ張った。

「ね、ねぇ、こんなにたくさんのおもちゃ、もしかして買ったの？　それにどうして優太がたぬたぬを好きなことを知っていたの？」

焦る私の顔を見て、駿はフッと笑う。

「優太くんと二人で話した時、このキャラクターが好きって聞いたんだ。それに、動物園の時もたぬたぬの水筒を持っていただろ？　だから、相当好きなんだろうなって」

「だからって買いすぎよ……！　いったい、いくら使ったの？」

「まあ、ここにあるものは俺からの初めてのプレゼントだし、大目に見てほしいな。

優太くんが生まれてからの三年分ってことでいいじゃん。ねっ？」

三年分のプレゼントだと言われ、返す言葉が見つからなくて目を泳がせてしまう。こんなふうに言われてしまったら、断るなんてできない。

「ありがとう……優太、すごく喜んでる」

優太はたぬたぬのぬいぐるみを抱きしめて、ボタンを押せば歌が流れる本で遊び、楽しそうに歌っている。首や手がリズミカルに動いていて、その様子がたまらなく可愛く、二人で顔を見合わせて笑った。

「うん。本当によかった。まずはこの家は楽しいところだって思ってもらわなくちゃいけないからね。あっ、もちろん真央にもプレゼントがあるよ。後ろを向いて」

「わ、私？」

「ほら、早く」

「わわっ」

強引に後ろを向かされ、気を付けの姿勢で立っていると首元にひんやりと冷たい感触がした。違和感を覚え、首にあるそれを手に取ると、そこにはキラッとピンク色に輝く宝石がついたネックレスがある。

「えっ……これ……」

「これ、アメリカに留学している時に見つけたネックレスなんだ。真央に似合うと思って買ってあったんだけど」

「アメリカで……？」

アメリカで購入したのなら、四年間ずっと持っていてくれたってことだ。いつ、渡せるかわからない私へのネックレスを、捨てもしないで。

駿はいったい、どれだけ深く私を思ってくれていたのだろう。それを考えると、身体全体が火傷するくらいの熱が上がってくる。

「一生、渡せないかと思っていたけど、こうしてプレゼントできてよかった。うん、よく似合ってる」

私の肩に手を添え、ゆっくりと向きを変える。ネックレスを身に着けた私を見て、柔らかい笑みをしたまま熱を帯びた瞳をこちらに向け、口を開く。

「昔ももちろん可愛かったけど、大人の女性になった真央も魅力的だって再会した時からずっと思ってた。惚れ直した……なんて言ったら驚く？」

「ゆ、優太がいる前でなんてこと言うの！」

まさかこんなところで口説かれるとは思わず、つい大声を出して彼の腕を叩いてしまった。そんな私を見た駿はクシャッと笑い、優太の方を向く。

「優太くんはおもちゃに夢中だよ」

「だ、だからって……！」

「ハハッ。純粋な反応は昔と変わらないね。またこうして真央と同じ時間を過ごせるなんて、まだ夢を見ているみたいだ」

今すぐにでも抱きしめそうな距離で駿は甘い言葉を囁く。昔なら彼の言葉に酔いしれて、そのまま抱きついていた。

でも、今は優太がいる。彼だけに夢中になんてなれない。

「優太がいる前でこういうのは禁止ね！　わかった？」

「ハハッ。それじゃあ優太くんが眠った後ならいい？」

「そ、そういう意味じゃない……！」

意味を全く違うふうに捉えられて焦る私を見て、駿はおかしそうに笑う。昔から私をからかうことはよくあって、そのたびに私は顔を赤くして一人で焦っていた。

まるでその頃に戻ったようなやり取りだ。それがおもちゃに夢中になっていた優太の興味を引いたのか、不思議そうにこっちを向いている。

「まま、しゅんくん、たのしそーね」

にこーっと嬉しそうに笑い、私達を見つめる優太の目が純粋すぎて、私をからかっていた駿もバツが悪そうだ。

「ふふっ。子どもはよく見てるからね」

「ああ、そうだね。これから気を付けるよ。それに、優太くんともっと仲良くならないとな。本当の父親みたいになりたいから」

その言葉を聞いて、胸がズキンと痛む。私や優太のために引っ越しをして快適に住めるようにリノベーション工事までしてくれ、さらに本当の父親のような関係を築きたいと思ってくれている駿の真っ直ぐな思いが辛くて、彼の顔をまともに見られない。

もう全て白状してしまおうか……。優太はあなたの子どもなの。優太の父親は駿なんだよって。

でも、そうすることで駿と優太は本当に幸せになれる？　第一、今さらどんな顔をして言ったらいいのだろう。いくら森山さんに脅されたとはいえ、駿に何も言わず、勝手に産んだのは私だ。ただ、優太を産んだこと、後悔したことなんて一度もない。大きな幸せをたくさんもらっているから。

「まま？」

「真央？」

一人、俯いていろいろと考えていると優太が私を見上げ、駿も顔を覗き込んでいる。

その表情があまりにもそっくりで、自然と笑みがこぼれた。

「あはっ。ごめん、ぼうっとしちゃった。私、荷ほどきしなきゃ」

「ああ、そうだね。よし、優太くん、ママのお手伝いをしよう！」

「えぇー、たぬたぬであそぶ」

「それはまた後で遊ぼうね。ママ一人では大変だから、一緒にやってあげよう」

「むー」

せっかくたぬたぬのおもちゃがたくさんあるのに、途中で切り上げられて拗ねた顔をした優太は、駿に強制的に抱っこをされてむくれている。

このまま甘やかして遊ばせるんじゃなくて、ちゃんと躾《しつけ》をしてくれる。駿のその姿勢に私は驚いた。優太に気に入られたいなら、ただ甘い顔をしていればいい。それをしないのは、本当に優太のことを考えてくれているのだということだ。

「みんなでやれば早く片付くからね。終わったら、また遊べるよ」

駿に抱っこされている優太の頭を撫で、優しく諭す。すると優太はコクリと頷いて、自分の荷物が入っている段ボール箱に向かっていった。そして箱の中から、自分の服や大好きな絵本などを一生懸命出していく。

もともと持って来た荷物は少ないから、昼すぎからの作業だったのに夕方には全てを終えることができた。

「よーし、約束だ。優太くん、一緒に遊ぼっか」

「うん！」

少しの量の荷ほどきでさえ疲れてしまった私と違い、優太と駿はまだまだ元気があるようで、二人で優太のおもちゃ部屋へと向かって行く。

「元気だなあ」

二人の体力に感心していると駿がドアから顔を出した。

「真央は休んでて。優太くんは俺が見るから」

笑顔でそう言われ、一気に脱力感に襲われる。いや、ホッとしたという方が正しいかな。いつもならどれだけしんどくても一人で全部こなさなきゃいけなかった。だけど、今は駿がいるから、自分が疲れた時は交代で優太を見てくれる。

この時間がものすごく有難かった。

「ありがとう……じゃあ少しの間、お願い」

そう言った私に、駿は本当に嬉しそうな笑顔をして、優太がいる部屋へと入っていった。私は一人になったこの時間に、今日の夕飯の買い物リストを作り始めた。

その後、買い物リストを持ち、私は食材の買い出しのために家を出る。さすがに引っ越し初日から優太と一緒にお留守番をしてもらうのは申し訳ないと思い、優太と二人で最寄りのスーパーに行くことにした。朝から降っていた雨は止んでいて、傘の必要はない。お散歩がてらの外出は優太のいい気分転換にもなる。

会社の近くだから土地勘が全くないわけではないのが助かった。この家から一番近いスーパーの場所はわかる。

慣れていないスーパーでの買い出しには少し苦戦したけれど、優太にとっては初めて来る場所だから楽しかったらしく、表情がずっとキラキラしていた。

「今日はお昼寝してないけど、大丈夫？」

「うん！」

元気いっぱいの返事に思わず笑顔になってしまうけど……これはきっと、興奮して眠れないか、夕ご飯を食べたらすぐに眠っちゃうパターンだ。

もしも優太が早くに寝るようなら……私も結構疲れたから、早めに休めてちょうどいいかもしれない。一緒に寝てしまおう……と考えたけれど、今日からは二人暮らしじゃなくて駿も一緒の三人の生活。

優太が眠った後は、大人二人の時間を持った方がいいのだろうか。それとも優太と一緒に眠ってしまった方がいいのかな。でも、それはそれで住まわせてもらっているのに素っ気ないような……。

夜の過ごし方のパターンを全然考えていなくて、今さらながら焦り始めてしまう。

「ままー、これ！」

優太の声にハッとし、下を向くといつも買っているウエハースのお菓子の袋を持っている。また、考え事に集中しちゃった……最近、駿と優太のことを考えると意識がそればっかりになって、周りが全く見えなくなっちゃう。

ダメだな。もう新しい生活は始まったのだから、もっとしっかりしないと。

「まま、たいへん？」

優太が私を心配してくれる。時々、疲れた表情を見せた時、優太は『たいへん？』と聞いてきて、心配そうな顔をする。

「ううん、大変じゃないよ。優太は？　楽しい？」

「うん！　たのしい！」

スーパーの店内放送が流れる中、優太の明るい声が響き渡り、買い物客もこちらを見てクスクスと笑っている。

「しゅんくん、いっしょなのたのしいねー」

駿の名前を口にして満足気な顔をしている優太に、私は心からホッとする。しばらくは、楽しく暮らせる……よね。

ただ、この生活をいつまで続けるのか。それはしっかりと見極めなければいけないと強く思った。


買い物を終えて家に帰ると、白米が炊けている匂いが玄関まで届いていた。

「おかえり」

そして駿が玄関まで迎えに出てきた。手を差し出してくれたから、それに甘えて私は食材が入ったエコバッグを渡した。

「ご飯を炊いてくれたの？」

「それくらいはね。料理は全然ダメだけど、炊飯器くらいは使えるから」

御曹司の駿に料理ができるなんて思ってはいなかったので、それは想定内。でもまさか、お願いしていないのに、ご飯を炊いてくれているなんて。ここまで気遣いができるのは本当に驚いた。

優太の相手で疲れているはずなのに……私は手を合わせて、彼に笑顔を向ける。

「ありがとう。すごく助かる」

「このくらいでお礼を言わなくていいよ」

エコバッグを持っている反対の手で優太の頭を撫で、「手洗いとうがいに行っておいで」と声かけまでしてくれる。駿なりに父親になるために頑張ってくれているんだ。それがひしひしと伝わってくる。

そんな気持ちを自分の中に受け入れながら、キッチンへと足を進めた。今日は優太のリクエストでハンバーグにすることになり、手洗いうがいを済ませるとさっそく持ってきたエプロンをする。

駿は優太と一緒にリビングのソファに腰掛け、食材を冷蔵庫にしまっている私を凝視している。

「……どうしたの？」

視線が強すぎて、手を止めて駿に声をかける。すると、ほくほくとした笑顔を向けられた。

「エプロン姿、奥さんって感じがしていいね。よく似合ってる」

「奥……もう、ただのエプロンでしょ。それに昔もつけてたけど」

「あの頃はお手伝いって感じだったけど、今は立派な奥さんだなー。なっ、優太くんもママのエプロン姿可愛いと思うよな？」

「おもうー」

駿は優太を膝の上に座らせて、私の方を向く。ソファの背もたれから顔を見せた優太は駿にピタリとくっついて嬉しそうだ。

「あ、ありがとう……」

優太に言われては邪険にできなくて、素直にお礼を言う。よく似た二人の笑顔がこちらを向いていて、胸の奥がソワソワして落ち着かない夕食作りとなった。

駿は料理をしないと言っていたけれど、フライパンやお鍋などの調理道具や食器といった、食事に必要なものは一通り揃っていて、難なく夕食を作ることができた。

いつも通り、何の華やかさもないハンバーグとニンジンのグラッセ、塩ゆでしたブロッコリーと冷えたプチトマトを添え、野菜たっぷりのポトフを作れば完成だ。

「できたよー」

カウンターキッチンのすぐそばに四人掛けのダイニングテーブルがあり、そこに三人分の料理を並べる。

「おおー、美味そう」

「うまそ！」

でき上がった夕飯を見て感想を述べた駿の言葉遣いを優太が真似る。私と駿はお互いに目を一度合わせ、耐えきれなくて噴き出して笑った。

引っ越し初日の夕飯は和やかな雰囲気のまま始まった。それは優太のおかげだ。きっと優太という存在がなければ、こんな空気にならなかっただろう。

会話も優太が中心で弾み、時間が過ぎて行く。結局、優太はお風呂に入る前に、ソファの上で熟睡してしまった。

「寝ちゃったね」

「今日はお昼寝しなかったから、こうなると思ってた。私、ベッドに寝かせてくるね」

優太を抱っこして寝室へと向かう。すっかり熟睡してしまった優太の全体重が腕に圧し掛かり、大きくなっていく子どもの成長にいつも心が温かくなる。

私と優太の寝室にはキングサイズのベッドが用意されていた。優太が転がり落ちないように片側には柵がついており、万が一、落ちても大丈夫なようにローベッドを選んでくれている。広さも大人と幼児が二人で眠るには充分すぎるほど広い。

「よいしょ」

広いベッドの真ん中に優太を寝かせると、チャリッと金属音が鳴った。昼間、駿にもらったネックレスのチェーンの音だ。

ネックレスをもらった時の甘い言葉を思い出し、顔が熱を帯びる。手を頬に当てると、予想以上に熱かった。いけない、こんな顔じゃあ駿がいるリビングに戻れない。

「少し熱を冷ましてから戻ろう」

独り言を呟き、そのまま優太と一緒にベッドに寝転んだ。ちょっと横になるつもりだったけれど、想像以上にふかふかの布団と新品のシーツにすっかり身体はリラックスしてしまう。自分でも思っていたより疲れていたのか、気付いたら私もそのまま眠りこんでしまった。

そして翌日。スッキリ目覚めた視界に、見慣れない天井が入ってきた。私は大きく目を見開き、瞬時に飛び起きた。

「寝ちゃった……！」

冷や汗をどっとかき、壁掛け時計の時間を見ると時刻は朝の七時前。隣には口を半開きにしてまだ熟睡している優太がいる。

「昨日、優太と一緒に寝落ちしちゃったんだ！」

駿との生活の初日だったというのに、家の主をリビングに残し、さっさと寝てしまった図々しさに、私ったらなんてことをしてしまったんだろう！と冷や汗が止まらない。

しかもお風呂にも入らずに寝たから、身体がべとべととして気持ちが悪い。

「ま、まずはシャワーを浴びよう」

家主の了解も得ずに使用することに申し訳なさを感じるけれど、さすがの駿も日曜日にこんな早起きはしていないだろう。

事後報告になるけど、シャワー後に朝食の準備を整えたら、お礼と謝罪をしよう。

私は足音を立てないようにベッドから抜け出し、着替えをクローゼットから取り出すと、そのまま一階のバスルームへと向かった。

優太が起きないうちにシャワーを済ませようと思い、急いで自分の髪と身体を洗う。

優太を産んでからお風呂のスピードはすごく速くなり、十分で洗い終えた。

バスタオルで身体を拭き、軽くスキンケアをしてルームウェアを着るとやっと身体も頭もスッキリしてきた。

バスルームの扉を開け、朝食の準備をしようとキッチンに入ると、リビングのソファに人影があり、びっくりして「ひゃっ」と声を出してしまった。

「おはよ。昨日はゆっくり眠れた？」

すでに起きていた駿がソファに座りながら、小さな音量でテレビを観ている。二階で眠っている優太を気遣ってくれているのだろう。

「おはよ……昨日は寝落ちしちゃってごめんなさい。それに勝手にシャワーも借りちゃって」

「そんなこといいよ。だってもうここは自分の家なんだから、自由に使ってくれていいんだよ。それよりお風呂上がり……いいね」

「えっ……」

私の姿を上から下までじっと見ると、意地悪な笑みを浮かべる。

「二人きりだったら間違いなく襲ってたな」

「ちょっ……」

「ハハッ、なんてね。ごめん、またからかっちゃった」

朝からの駿の爆弾発言に、私は思わず身構えてしまう。そんな私のリアクションが面白かったらしく、駿はおかしそうに笑っている。その姿を見た私は恥ずかしさを誤魔化すために、ちょっと怒ったふりをして駿をたしなめる。

「もう、変なこと言わないで」

「だから、ごめんって。お詫《わ》びに朝食作りを手伝うよ。コーヒー飲む？」

「あっ、嬉しい」

私が素直に喜ぶと、駿はニコッと笑いソファから立ち上がってキッチンの方にやって来て、コーヒーメーカーの準備をしてくれる。

誰かに朝からコーヒーを淹れてもらうなんて、久しぶりだ。実家にはよく行っているけど、泊まりは滅多にないから朝はいつも戦争だ。

彼と暮らすとこんなことも当たり前になるんだろうなと思うと、心にも余裕が生まれてきそうだ。

それから、駿が淹れてくれたコーヒーを片手に、朝食作りを始める。この家に来て初めての朝食には、トーストとハムエッグ、プチトマトとブロッコリーのサラダに、キウイフルーツが入ったヨーグルトを用意した。

よし、と思ったちょうどその時「ままぁ〜！」と私を呼ぶ、優太の半泣き声が聞こえてきた。慌てて二階に上がった私は、優太を抱っこして一階に連れてくる。そして三人揃ったところで、朝食がスタートした。

朝は特にゆっくりモードの優太だけれど、駿のペースにつられたのか、一緒に「おいしーね！」とお喋りしつつ、自分のお皿の上のおかずをもりもり食べていた。

昼からは日用品や優太の新しい服を買いに、近くのショッピングモールに出かけた。

何気ない休日だけど満たされた気持ちになり、充実感が半端ない。

そんな生活が二週間も続くと次第に緊張もよそよそしさもなくなり、普段の私を出せるようになってきた。

駿も私と優太のことを一番に考えてくれ、忙しい業務の間でも夕食の時間には必ず帰って来て、優太や私の一日の様子を熱心に聞いてくれる。

私にとって何より心強いのは、優太の日常を共有できることだ。駿は保育園の行事だって、毎日の送り迎えだって、園が許可してくれるのならぜひ行きたいと言ってくれている。

保育園の安全上、同居人が送り迎えをすることはできないから断ったけれど、そう告げられた時の駿の顔は、究極に寂しそうだった。

そんな、ちょっとしたままならない事柄はあるけれど、私達の同居生活には穏やかな空気が流れ、本当に居心地のいい空間ができ上がってきていた。同居二週間目の日曜日はリビングで映画鑑賞会をした。

映画館みたいにフードやドリンクを用意して、駿が設置してくれたプロジェクターを使い、大きなスクリーンに映像を映し出す。

自宅のリビングで、大画面に映る国民的アニメ映画を観るなんてことは初めてで、優太は大興奮していた。

私と駿は優太を挟んでソファに座りながら、ゆっくりと映像を見ている。ふと彼の方に視線を移すと、穏やかな表情をしている横顔が見えた。

こんなに落ち着いている顔、学生の時は見たことがない。私も初めて見る駿の顔だ。

「んっ？」

凝視していることがバレて、目と目が合う。なんだかこそばゆくて愛想笑いを返してしまった。

「どうした？」

「あっ……ううん、リラックスしているなぁと思って」

「ああ、たしかに。今、すごく穏やかな気持ちだよ」

私が感じた通り、駿もこの時間を気持ちよく過ごしてくれているみたい。でも、常に幼い優太を中心にバタバタとせわしない生活をしていたら、日頃の疲労はなかなか取れないだろう。

「ごめんね、仕事で疲れているのに休日も付き合ってくれて。身体が休まらないよね」

私がそう言うことは想定済みなのか、駿は笑顔を崩さず首を傾げた。

「そんなこと気にしないで。むしろ、こう見えても癒されているんだよ。仕事もね、今までとは違う達成感と充実感があるんだ」

「そうなの？」

「優太くんと真央のおかげだ。二人がいるから仕事も毎日の生活も頑張れるんだよ」

その言葉に心臓がどくんと大きく鳴る。駿は映画に夢中になっている優太の頭を撫でながら、感慨深い顔をして口を開く。

「二人がいてよかった。まだ本物の家族じゃないしたった二週間だけど、三人で暮らしていてそう思っているよ」

その言葉を聞いて心臓の音がさらに大きく、すごい速さで高鳴る。

駿が優太の頭を撫でる手つきはもう慣れたもので、ぎこちなさは全くない。言葉と行動がそれを証明してくれている。

まだ駿と優太は会って二ヶ月も経っていない。たったそれだけの時間で、もうこんなに距離が近くなっている。

やっぱり、本物の親子の絆というものは理屈なんかではないのかもしれない。

駿に、優太はあなたの子どもだと言うべきなのか……。

私はもう無言になって、頭に入ってこない映画を観続けた。

第七章

　それからまた、温かく幸せな二週間が過ぎ、駿と優太と私の同居生活は一ヶ月が経とうとしていた。梅雨独特のジメッとした季節は終わり、まだ七月だというのに毎日ウンザリするような暑さが続いている。

「かゆい、まま、かゆいー」

「我慢して、優太。お薬を塗ったらマシになるから」

　優太は汗っかきで毎年、首の周りや腕に汗疹《あせも》ができて皮膚科の薬をもらう。金曜日の夜、お風呂上がりの優太の肌に皮膚科でもらってきた塗り薬を塗っていると、優太と一緒にお風呂に入っていた駿も上がってきた。

　そしてテーブルに置いてある塗り薬の名前を見て、目を見開いていた。

「懐かしいな。俺もこの薬、ずっと塗っていたよ」

「えっ、そ、そうなの？」

「ああ、小さい頃は肌が弱くてね。優太くんも塗ってるんだ」

　ハーフパンツ一枚の姿で首や腕に薬を塗られている優太を見て、駿は懐かしそうな表情をしている。私は内心、ドキドキしながら薬を塗り続けた。

「うん、この子も肌が弱くて、夏は絶対に必要なの」

「そっか。俺にそっくりだ」

そう言われ、さらに心臓は早鐘を打つ。私も私の家族も肌は特別弱い方じゃないからなぜだろうと思っていたけど、父親の駿に似たんだ。

「優太くんってさ、時々感じるんだけど、ちょっと俺の小さい頃に似てるんだよね」

駿がキッチンの冷蔵庫を開けてペットボトルのミネラルウォーターを取り出しながら、独り言のように呟く。

まさか……駿、自分の子どもだってことに気付き始めている？

心臓のどくどくという音が一層大きくなり、手にはじっとりと汗が滲んでくる。まだ駿に優太のことを告げる決心ができていない私は、さっさと薬を塗り終えて優太に服を着せた。

「優太を寝かしつけてくるね」

「……うん、わかった。優太くん、おやすみ」

「おやすみなさーい」

駿に手を振る優太を連れて、二階へと上がる。

もうこのまま隠し通すのは無理かな。でも、DNA検査をしようと言われたわけじゃない。ただ、似てるっていう感想が出てきただけだ。

一ヶ月も一緒に過ごせば、仕草や癖が似るところも出てくるだろう。それをきっと言っているだけよね。

動揺している自分を落ち着かせるためにそう言い聞かせたものの、リビングに戻ることはためらわれた。ぼろが出ないように、この日はそのまま優太と一緒に朝まで眠った。

週末は食材と日用品の買い出し、あとは公園に三人で遊びに行ったり、外食をしたりとのんびり過ごした。

月曜からはまた忙しい日常に戻るけれど、駿がいてくれるおかげでかなり助かっている。保育園の送り迎えは私がしているけれど、駿は仕事が忙しい今でも夕食の時間には一時間もかけて車で一旦帰って来て、三人で食事をする時間をとってくれる。

一緒に夕食をとる。ただそれだけの時間が、私にとっては本当に有難く、かけがえのない時間となってきていた。とはいえ、その時間を作るのに、駿はどれだけの労力を使っているのだろう。

負担になっていないか何度も聞いたけど、駿が『俺にとってもリフレッシュできる、大切な時間なんだ』と言ってくれるので、甘んじてそれを受け入れている。

三人で食事をする時間は優太にとっても楽しみみたいで、ご飯を食べながら一生懸命、保育園での出来事を話してくれていた。

そして夕食が終わると、私と優太は笑顔で彼を見送る。

そんな毎日を、私は心穏やかに過ごしていた。とても幸せだった。この日常がずっと続いてくれたら……そう思っていた。


そんな時だった。日曜日だというのに、午後からどうしても外せない商談があるという駿は、午前中まで家にいて優太と遊んだ後、出勤した。

優太はというと、午前中に庭で目一杯ボール遊びをしてもらったおかげで、お昼ご飯を食べた後、すぐにお昼寝をしてしまった。

一人の時間ができた私は、優太がお昼寝中に私も自分のやりたいことを済ませてしまおうかなとリビングのソファに座り、パソコンを立ち上げる。

日々の暮らしに余裕が出てきた私は最近、将来仕事に活かせる資格を取ろうと勉強を始めたのだ。

今は文房具メーカーで事務の仕事をしているけど、いつかは企画を提案したり、新しい商品のデザインもしたりして、お世話になっている米澤に貢献したい。

そう考えた私は、オンラインで勉強ができる社会人向けのデザインスクールで学ぶことにした。もともと保育士志望だった私は、子ども向けの絵を描くことが得意だった。そんな私にとって、この勉強は性に合っていて、とても楽しい時間だ。

駿は、私が勉強することにとても協力的で、なるべく私一人の時間を作ろうとしてくれる。今日は仕事でいないけれど、家にいる時は優太を連れて公園に行ったり、ドライブをしたり。出先からは度々、優太の写真を送ってきては、私を笑顔にしてくれる。

お世話になった会社や、積極的にサポートしてくれる駿のためにも、一日も早く資格を取らなくちゃ。そんなふうに改めて気合いを入れてマウスをクリックした瞬間、家のインターホンが鳴った。

「宅配便かな?」

マウスから手を離し、立ち上がってモニターを見た私はその場で凍りついた。

「どうしてこの人が……」

モニターに映っているのは、忘れたくても忘れられない、あの人だった。

「森山さん……」

駿が留学する時に空港でたった一度会っただけなのに、私はその顔をはっきりと覚えていた。ＡＯＹＡＧＩの優秀な社員で、駿のお世話係で、留学についていくほど信頼されていて……そして、まだ私のお腹の中にいた優太をおろせと冷たく言い放った人。

固まって動けなくなった私。そんなことはお構いなしに、森山さんは何度もインターホンを鳴らしてきた。

「で、出なくちゃ……」

こんなにインターホンを鳴らされてしまったら、二階で眠っている優太が起きてしまうかもしれない。

もしも優太の存在を、森山さんに知られてしまったら……彼は駿のために、優太に何をするかわからない……！

出ない方がいいのかもしれない。でも、駿のお世話係で今もＡＯＹＡＧＩに勤めているだろう彼が駿のいない日にわざわざ家にやってくるなんて、きっと訳ありだ。

多分……私の存在に気がついているのだろう。何となく、勘が働いた。

息を呑んで玄関のドアに手をかける。鍵を開けて、ゆっくりと扉を開いた。

「ご無沙汰しております。森山です」

怯えながら出迎えた私の姿を見るなり、すぐに挨拶をしてきた。やっぱり、私がここにいることに気付いていたんだ。

「……ご無沙汰しております」

小さな声でどうにか返したけれど、顔を上げて目を合わせることができない。俯いたままでいると、森山さんの革靴が、容赦なく玄関の中に入ってくるのが見えた。

「少しお時間を頂いてもよろしいでしょうか。すぐに終わりますので」

感情の起伏がない声色で淡々と話す。恐る恐る顔を上げると、四年前とさほど変わらない鋭い眼光を持った森山さんは、玄関のある一点を凝視していた。

その視線の先にあったのは、優太の小さなスニーカーだ。

しまった！　咄嗟のことで優太のスニーカーを隠すことにまで頭が回らなかった。

ああ、もう優太の存在は、誤魔化しきれない。もしかすると今日、森山さんが来たのだって、子どもの件についてかもしれない。

私は大きく落胆しながらも、覚悟を決めた。

「……どうぞ」

「失礼します」

彼の通るスペースを空け、どくどくと鳴る自分の心臓の音を聞きながら静かにドアを閉める。森山さんは勝手にずかずかと家の中に入ることはせず、私がスリッパを用意して促《うなが》すまで動かずじっとそこに立っていた。

「お邪魔します。すぐに帰りますのでお気遣いは結構です」

「は、はい」

それはお茶などの用意は不要だということだろう。私は散らかっていたリビングのテーブルの上を急いで片付け、森山さんには二人掛けのソファを勧めた。そして私は面と向かって座ることを避け、絨毯の上に直に正座をした。

森山さんはソファに座りながら家の中を見回している。鋭い目は品定めをしているようで、私は生きた心地がしない。これなら、お茶の用意をしてキッチンに立っている方がずっと気が楽だ。

「今、社長が不在なのは存じております。ですからあえて今日、伺いました」

そう言うと森山さんは両膝の上に腕を置き、指を絡《から》めて私を見据える。私は息を呑み、彼の次の言葉を待った。

「お子さんは？」

「上で……眠ってます」

「そうですか。あれだけ言ったのに産んでしまったのですね。仕方ない人だ」

「そんな言い方……！」

ため息交じりの呆れたような言い方に、思わずカッとなる。まるで優太が邪魔者みたいな言い方をされて沸々《ふつふつ》と怒りが込み上げてくる。けれど森山さんはそんな私を制するように、右手を前に出す。

「まあ、生まれてしまったものは仕方ありません。こちらで調べたところ、どうやら虐待や育児放棄はしていないようですし、普通に育児をされているみたいですね」

「私達のこと……調べたんですか？」

いったいいつの間に……？　まるで身に覚えがないことに身体の芯からゾッとした。

でも、優太の妊娠がわかった時に駿のスマホを勝手に見て隠したり、優太をおろせと言ったりする人なのだから、私を調べることくらい、何とも思わないのだろう。

私が一人で納得していると、森山さんは咳ばらいを一つして、鋭い視線を向けてきた。

「社長が突然、引っ越しをしてルームシェアをすると言い始めたのです。会社の代表が、素性のわからない人間と一緒に生活をするというのですから、調べるのは当たり前のことでしょう。社長に有害な人物なら即刻、家を出てもらおうと思っていましたが、あなただったとは驚きましたよ」

駿は同居人が私達だということを一切、公言しなかったんだ。私達が嫌な思いをしないように……優太と私を守るために。そう思うと胸が熱くなる。

「駿には……あの子の父親だとは伝えてません。だから、これ以上私達のことを詮索するのはやめてください」

「ええ、もちろん。身元さえわかればこれ以上は調べるようなことはしません。それに社長は一緒に住んでいるのが自分の子どもだとは、気付いていないようですし。その点だけは、安心しました。ただ、私が心配しているのは社長の体調のことです」

「えっ……」

「この家では笑顔かもしれませんが、社内では疲弊した表情をよく出されます。この暮らしにお疲れなのでは？」

「そう……なんですか……」

会社では疲れた顔をしている？　家での駿はいつでも笑顔だ。それも柔らかい雰囲気でとても楽しげで……疲れている表情なんて見たことがない。

それなのに、会社では疲れた顔を見せているなんて。私達が疲れさせているのかと思うと、動悸《どうき》が激しくなって冷や汗も止まらない。

「前社長……お父様が倒れられ、社長は何の準備もなくいきなり重役に身を置くことになりました。もちろん弟の翔《しょう》さまもです。彼らのそのプレッシャーは我々では計り知れないものでした」

うなだれて絨毯を見つめている私の頭に向けて、森山さんの声が降りかかってくる。それはとても強く、説得力のある圧の強い声だ。

「社員達は、努力をして会社をより良くしていこうとするこのご兄弟を受け入れ、共に会社を盛り上げようと奮闘しております。また、社長とご家族との関係はとても良好で、お互い助け合いながら、ここまでやってこられました」

そう言うと私の反応を見ているのか、森山さんは一旦喋ることをやめた。私は、だから私や優太は邪魔なのだと言われているようで彼と目線を合わせられない。

「ようやく社長業にも慣れ、仕事が軌道に乗ってきた。そんな時に……そんな時に、あなた方と同居することになったのです」

常に無機質に話す森山さんの語気が、いつになく乱れている。それほど駿を思う気持ちが強く、私に対する怒りも強いのだろう。

私は恐る恐る頭を上げ、こちらを凝視するきつい瞳と対峙《たいじ》する。

「この生活は駿さまにとって負担でしかありません。平日も休日も気が休まらない暮らしは仕事のパフォーマンスを下げる要因でしかない。はっきりと申し上げます。駿さまがあなたに執着するのは、あなた以外の女性を知らないからです」

背筋が凍ったようにゾクリとした。この先の言葉を聞くのが怖い。だけど、森山さんは話すことをやめない。

私は身体が固まり、何も言えないまま彼の言葉を浴びてしまう。

「私としては、将来性のある社長にはいい家柄の女性と早々に結婚をして、落ち着いた生活の中で仕事に打ち込んで欲しいと思っております……ここまでお聞きになれば、私が申し上げたいことはおわかりですよね？」

ああ、あの時と同じだと思った。優太を妊娠して、駿と別れることを選択するように言われたあの時と。当時の記憶と感情が蘇《よみがえ》ってきて、涙腺が緩んでしまう。

何か言い返さなきゃ……でも、どんな言葉を返せる？　森山さんの言うことはもっともなことばかりだ。

この三人での生活は間違いなく駿に負担をかけている。これまで仕事一筋で独身だった人が、いきなり子どものいる生活をし始めたのだ。通勤は毎日、一時間以上。夕食時には一旦帰宅して、また会社へと出かけていく。しかもゆっくり休みたいはずの休日は、全て私達のために使ってくれている。そんなの……冷静に考えれば、大変に決まっている。

駿が身体的にも精神的にも疲れ切ってしまう前に、この生活をやめなきゃいけない
……それは今、なのかもしれない。

駿が、私や優太を心底、愛してくれているのは間違いない。それゆえ、必要以上に頑張らせてしまったのだ。この関係は、駿をすり減らすものなのかもしれない。

でも……優太と駿のあの温かい関係。あれもなしにしてしまうの？

そう逡巡《しゅんじゅん》している私に、森山さんは思ってもみない言葉を投げかけた。

「もしも私の提案が受け入れ難い、ということでしたら、米澤との業務提携は取り消させていただきます。そうなれば、弱小文具会社など瞬く間に倒産するでしょう。あなたの判断が米澤の全社員の生活を握っているということをお忘れなく」

「そんな！　米澤のことは関係ないじゃないですか！」

今までは反論もせず黙って座っていたけれど、米澤の名前を出された私は、とうとう立ち上がってしまった。どうして私の勤めている会社まで巻き込むのだろう……！

そんな私の反応とは裏腹に、森山さんは至極当然という顔で私を見ている。

「いいえ、関係あります。社長はあなたが米澤にいるから、業務提携を進めたのです。あなたがいる会社を守るために、周りの反対を押し切って」

「えっ……」

「なぜＡＯＹＡＧＩほどの大企業が、今にも倒産しそうな小さな文具会社と業務提携をしなければならないのか。新規事業を開拓したいのなら、多額の利益が見込める大手企業と組むのが定石《じょうせき》です。たしかに米澤の技術力が高いことは認めます。しかし借金を肩代わりしてまで提携するなど、こちらにはデメリットが大きすぎる。それを社長は無理矢理、推し進めたのです。あなたのために」

駿が私のためにそんなわがままを？　私が米澤で働いているのを知ったから、経営難に陥っている会社と、わざわざ業務提携したっていうの？

駿は私のことをたまたま見つけたと言っていた。でも、それは嘘だったんだ。私を探して、見つけて。そして倒産しかけた米澤に業務提携を持ち掛ければ、私との接点ができる……そう思ったの？

まさか、そんなことが……頭では理解しても、感情がついていかない。大きな驚きと、少しの嬉しさと、本当に申し訳ないという気持ち……複雑な感情でめちゃくちゃだ。

「私をはじめ、ＡＯＹＡＧＩの社員は社長を尊敬し、信頼しております。ですから今回の強引な業務提携を呑むことにしました。しかし、米澤との提携業務は、今は社長の手から離れて私が担当しております。今までは社長に守られていたかもしれないですが、今は私の判断一つでいつでも取り消すことができますので……くれぐれも変な気は起こさぬよう、お願いいたします」

私に反論する隙さえ与えず一気に喋った森山さんは、ゆっくりと立ち上がり、私を上から睨みつける。

「これで失礼します」

そしてそのままリビングを出ていき、玄関のドアを閉めた。森山さんが帰り、静かになったリビングで私は自分の手を強く握っていた。

込み上がってくる駿への熱い想いをどうにか誤魔化すためだ。でも、どうやっても消化しようがない。ただ無性に会いたくなる感情に苛《さいな》まれるだけ。

「……駿」

こんな私のためにそこまでしてくれていたなんて……彼の想いの強さにもう全てをさらけ出したくなる。

でも、本当にそれでいい？　彼をこれ以上私達の生活に巻き込んでしまってもいいの？

過去の私なら感情のまま想いを伝えていただろう。優太を妊娠した時は、一刻も早く駿に会い、事実を告げたかった。

でも、大人になった今はちゃんと止まって考えることができる。彼の現状を冷静に見つめなきゃ。駿はもう昔のような御曹司じゃない。数多の社員の生活を背負う、大手老舗家具メーカーの代表を務める男性なんだ。

そんな人が私達と生活することで、仕事にも体調にも支障をきたしている。そんなこと、あってはならない。

だから……この生活は間違いだったんだ。駿にこれ以上迷惑をかけることはできない。

ただ意味もなく、床の一点を見つめる。この家から出なくちゃ……身体を強張らせ、そう強く決意した。

だけど視界は滲み、目からは大粒の涙が次から次へと流れてきた。

「ふっ……」

私がこんなふうに泣いていたら、お昼寝から起きた優太は驚いて一緒に泣いてしまうかもしれない。だから早く泣き止まなきゃいけないのに、駿とまた離れることを考えると、涙が止まらなかった。

その日、駿は森山さんが帰ってから二時間ほどした夕方に帰宅した。ちょうど優太をお風呂に入れなくちゃいけない時間になっていて、私はお風呂の用意をしていた。

「ただいま、今から優太くんお風呂？」

駿が浴槽を洗っている私の背に声をかけてくる。私はしゃがんだ体勢のまま返事をした。

「あっ、おかえりなさい。そうなの、もうそろそろ入れなきゃと思って」

「ちょうどよかった。俺が入れるよ。優太くん、おいで」

今、仕事から帰って来たばかりで鞄さえも置いていないのに、優太のことを最優先に考えて行動してくれる。

彼の優しさと気遣いに甘えている認識は常にあった。けれど、これが駿の大きな負担となり、会社で疲れた顔をさせる原因になっていたのかと思うと、居た堪れない気持ちになる。私はなるべく平静を装って、駿にこう言った。

「駿、今日はいいよ。私がやるからゆっくり休んで」

私の言葉に、駿は不思議そうな顔をした。

「どうして？　別に疲れていないから大丈夫だよ」

「いいから。私がやる」

ままならないやりとりに、心がざわつく。私のこの応対は、きっと不自然に思われているだろう。

「でも」

「もう、本当にいいから。駿はリビングで休んでて」

ちょっときつい言い方になってしまったかもしれない。でも、彼に少しでも休息を取ってほしくて、つい早口で言い放ってしまった。

「じゃあ……お言葉に甘えて……」

駿は納得がいっていないような顔をしていた。だから私は手に持っていたスポンジを握ったまま、頭をペコッと軽く下げた。

「ごめんね、せっかく手伝うって言ってくれているのに」

「いや、こういうのは手伝うとかじゃないだろ。俺がいるんだから、できる時は俺がやるよ……ていうか、優太くんのことをやりたいだけなんだけどね」

駿はハハッと明るく笑っている。その笑顔の裏にはどれだけの疲労を隠しているのだろう。私は泣きそうになるのをグッと我慢して、駿の顔を見上げる。

「疲れているところ悪いんだけど……今夜、優太が寝た後、ちょっと話をしてもいいかな？」

少し硬い声になってしまった。なるべく普段通りに話そうと思っているのに、どうしても緊張を隠しきれない。そんな私の言葉に、駿は思いがけない言葉を返してきた。

「うん、いいよ。俺もそろそろ聞きたいなって思っていたことがあったんだ」

そう言った駿の顔は、真剣そのものだった。そこに普段の柔和な表情はない。アーモンド形の綺麗な瞳でじっと見据えられた私は、驚いて目を見開いてしまった。

「じゃあ……優太を寝かしつけた後、リビングで待ってて」

「わかった」

短く返事をすると、駿はリビングに向かう。優太はリビングのテレビで教育番組に夢中だったから、一緒にソファに座って観ていることだろう。

リビングから二人の楽しげな笑い声が聞こえてくる。その声で少しだけ穏やかな気持ちを取り戻した私は、掃除の続きを始めた。

それから優太とお風呂に入り、夕飯は優太のリクエストでオムライスとクラムチャウダーとコーンサラダにした。

お腹がいっぱいになり、駿とたぬたぬのおもちゃで散々遊んだ優太はすぐに眠たくなってしまったみたいで、この日の寝かしつけはすんなりと終わった。

二階から下りる階段で、私はどう切り出そうかと必死に考える。話し下手の私がうまく駿を言いくるめて、この生活を終わらせることができるのだろうか。

それに、泣かないように喋れるかな。一緒に暮らし始めることより離れる時の方が格段に難しく、そして辛い。

難しい顔をしながら階段を下りると、リビングにはコーヒーのいい香りが広がっていた。

「お疲れ。カフェオレをいれたんだけど飲む?」

「ありがとう、飲みたいな」

「じゃあ座って待ってて」

駿はカップを二つ手に取り、笑顔をこっちに向ける。今からこの笑顔を崩すことになるのかと思うと、たまらなく苦い感情に襲われる。

でも言わなきゃ。この生活はもうおしまいにしようって。

深呼吸をしてダイニングテーブルの椅子に座ると、そのタイミングで駿がいれてくれたカフェオレのマグカップが私の前に置かれた。

「いただきます」

甘くて少しぬるめのカフェオレはすんなりと飲めて、身体の中の苦さを緩和してくれる。私は駿に笑顔を向けることができた。

そして駿も椅子に座り、私達は対面する。どう説明をしたらいいのか考えがまとまらないまま、私は口を開く。

「駿、あの……」

「先に俺から質問をしてもいい？」

「えっ……」

私の言葉を遮り、駿がじっと私を見つめてくる。その圧にちょっと怯み、目が泳いでしまった。

「うん……なに？」

「優太くんのことなんだけど」

駿は前のめりになって私から視線を逸らさず、口を開いた。

「一緒に暮らし始めてから時々、感じるんだけど……優太くん、俺に似ているところが多くないか？」

「えっ」

心臓が破裂しそうなくらい大きく動いた。まさかこのタイミングで、その話をされるなんて。心の準備をしていなかった私は激しく動揺して、次の言葉が出てこなかった。

予想外の彼の質問に身体が一気に冷える。それなのに汗が止まらない。私は瞬きも忘れて固まってしまった。

そんな私を見据えながら、駿は何かを思い出すようにうなじを掻く。

「肌の弱さとか、仕草とか。あと……初めて見た時から思っていたんだけど、目が俺にそっくりだよね。特に瞳の色。あと髪質も」

「そ、そうかな……」

まるで確信を持っているかのように次々と言い当てられ、動揺を隠せない。駿の言う通りだ。

優太の肌の弱さや目の形、それに瞳の色と髪質は彼にそっくり。私に似ているのは鼻と唇の形くらい。それは私も常に感じていた。

小さい頃の駿はこんな感じだったのかな……と優太を見て何度も思うことがあったから。

駿が、一緒に暮らしていくうちに優太が自分に似ているかもしれないと気付くのは自然なことだ。

「優太くんも色素が薄いだろ。俺も生まれた時から髪の色素が薄かったんだ。それに……無意識にこの子は他人じゃないって感覚が、一緒に暮らし始めてからどんどん生まれてくるんだ」

やっぱり、本能で感じ取っていたんだ。優太は自分の子どもじゃないのかって。それを聞かされた私は無言になり、唇をギュッと結ぶ。もう息をすることさえままならない。

「真央、優太くんは……俺の子じゃないか？」

駿が決定的な言葉を発した。森山さんとのやり取りを瞬時に思い出した私は目を瞑り、咄嗟に頭を左右に思い切り振る。

「それはごめん。駿の勘違いだよ。優太はあなたとの子どもじゃない。父親はちゃんといる」

「それじゃあ、証拠を見せてくれ。前に家族写真はないって言っていたけど、いくら離婚したからって、父親の写真の一枚くらいはあるだろ？」

私が否定することなどわかっていたのだろう。駿は畳み掛けるように私を問い詰める。グッと言葉に詰まりそうになるけれど、乾いた口を必死に開く。

「それもごめん。本当にないの」

「真央」

「あの、私もう寝るね。明日、ちょっと早く行かなくちゃいけないから」

「真央、待って」

もうこれ以上話したら、ぼろが出る。一刻も早く、この場を去らなくては。そう思って急いで椅子から立ち上がり、二階へ逃げようとする。そんな私を、駿が後ろから勢いよく抱きしめた。

四年ぶりに密着した駿の身体。伝わってくるその体温に、私の全身が反応している。息が止まり、全身が熱い。

学生時代の思い出が一気に溢れ出す。私を何度も抱きしめてくれた、この身体。当時に比べて、今はずっとがっしりしているけれど。私を優しく包み込むその温かさは、何も変わっていない。

「お願いだから、逃げないで」

駿の熱い吐息が髪にかかり、さらに強く抱きしめられたせいで衣類の擦れた音が耳に聞こえてくる。

顔のすぐ近くで動く駿の唇を見ないように、私はギュッと目を瞑った。そんな私の頑なな態度を見て何かを感じ取ったのか、駿は優しくこう言った。

「わかった。もう俺の子どもじゃないってことで構わないよ。証拠を見せろなんて言って、真央を困らせたりもしない。それでも、優太くんのことは可愛いし、キミのことも大好きだ。この気持ちは変わらない」

耳のすぐそばで駿の甘く切ない声が聞こえてくる。こんなに近くで言われたら聞こえなかったことにできないじゃない。

彼が発した「大好き」という言葉に反応して、身体全体が熱くなる。絶対に顔も真っ赤になっているに違いない。私だって大好きだ。ずっとずっと好きだった。

その気持ちは四年経った今でも変わらない。

「一緒に暮らし始めてから、昔よりずっと真央のことを好きになった。本当の父親じゃなくたって、俺なりに二人のことを大事にする」

駿が軽い気持ちで言っているんじゃないってことは、よくわかっている。まだ一緒に暮らし始めて一ヶ月ほどだけど、駿が私達を大切にしてくれていることは充分伝わってきたから。

改めて感じた駿の愛の強さに、私の心の中の暗く重い部分が浄化されていく。

「真央と優太くんが受け入れてくれるまで、いつまでも待つ。だから、俺との将来のこと、本気で考えてくれ」

「駿……」

ここまで自分達のことを大切に思ってくれる人に、どうして嘘をつき続けることができるだろう。

駿の将来のため。優太を悪意ある目から守るため。これが最善の方法だと思っていた。それに『森山さんに言われたから』なんていうのも、人のせいにして逃げる言い訳だ。そんな私に駿は、いつも真っ直ぐな気持ちを向けてくれている。

その気持ちから逃げちゃダメだ。私も目を逸らさず、しっかり彼と向き合わなきゃ。

グッと唇に力を込めて、彼の腕を両手で握った。

「ごめんなさい……」

「真央?」

とてもか細い私の声に、駿はすぐに反応してくれた。いつだってそうだ。駿は私の声を、絶対に聞き逃さない。

「私……嘘をついてた。ずっと、あなたに隠してたことがある」

「隠していたこと?」

「優太は……優太は」

彼のことを信じているのに、そこまで言って言葉に詰まった。

今まで誰にも言えずにいた真実。これを口にしたら、もう後戻りはできない。私は大きく息を吸ってから、強い意志をもって改めて駿と向き合った。

「優太は、駿……あなたの子どもなの」

頑張って出した声は確実に震えていた。声だけじゃない。身体全体が震えている。

それだけこの真実を告げることに私は緊張していた。

私の口からこの言葉を聞いて、駿はいったいどう感じる？　どんな反応をする？

彼を見るのが怖い……だけど、ここまで言ってしまったのだから、覚悟を決めなければ。そう思って、彼の目を真っ直ぐに見つめる。

驚愕した彼の目は瞬きを忘れたように大きく開かれ、しっかりと私を見つめ返している。

「それは……本当？　俺が無理に言わせてしまっているんじゃなく？」

「本当に……本当のこと。ＤＮＡ検査をしてみる？」

「そんなことしないよ。しなくてもわかる……やっぱり、優太くんは俺と真央の子どもだったんだな！」

嬉しさが爆発したみたいに、駿は語尾を強くして声を上げて満面の笑みを浮かべる。

そして、私を思い切り力強く抱きしめた。

「わあ！　しゅ、駿……！」

「嬉しい……！　よかった、本当に俺の子どもなんだ。本当なんだよな！」

「ほ、本当だから……落ち着いて！　お、お願い。優太が起きちゃう」

彼の胸に押しつぶされそうになっていた手をどうにか動かして抵抗するけれど、駿は私を強く抱きしめることを止めない。それどころか私の髪に顔を埋め、ぐりぐりと押し付け始めた。

「嬉しい……そうであったらいいのにとずっと願っていたけれど、実際に叶うと言葉では言い表せないくらい嬉しいね」

「駿……」

私の頭に顔を埋め、言葉を噛みしめるように絞り出している。彼の言葉を聞き、私もただ彼の胸に添えていただけの両手を、駿の背中にゆっくりと回した。

駿は私の顔を覗き込み、至近距離で微笑を浮かべる。

「どうして隠していたのかは後で聞くよ。今はただ、これだけは言わせてほしい」

「な、なに？」

私の頬まで指を滑らせると指先で優しく撫で、フワッと包み込んでくれる。今にも鼻と鼻がくっつきそうなくらい近くにある駿の目には、泣きそうになっている私の顔が映っていた。

「真央。俺は真央も優太くんのことも同じくらい愛している。だから、俺と家族になってくれ」

耳に届いたのは、私が四年間ずっと心に抱いて夢に見続けていた言葉だった。

駿と家族になれる……優太に父親を作ってあげられる……その事実が嬉しくてたまらなくて、涙腺が崩壊し大粒の涙が止まらない。

「これからは真央と優太くんの笑顔を俺が必ず守る。約束するよ。もう辛い思いはさせない」

駿は私の頬に流れる涙を指先で拭い、額にそっとキスを落としてくれる。はにかんだ表情を浮かべるその顔はまるで、付き合ってから初めてキスをした日を思い出させるそんな顔だった。

胸の奥がきゅうっと締めつけられるくらい愛おしい。そんな感情が込み上げてきて、私は駿に思い切り抱きついてしまった。

「……ありがとう。私も……愛してる。ずっと好きだった。忘れられなかった」

「真央」

「今までごめんなさい。勝手をしてごめんなさい」

「真央、もう謝らなくていい」

ぼろぼろに泣きながら謝る私の後頭部を駿は優しく撫で、なだめてくれる。その温かい手に心は救われ、ずっと嘘をついていたという罪悪感も、少しだけなくなった気がした。

「愛してる、真央。やっと俺を受け入れてくれたね」

感慨深げにそう言い、駿はまた、私の額にキスをする。熱を帯びた唇はそのまま頬をなぞり、私の唇のすぐ横で、小さな音を立てる。そして私達は、そっと唇を重ねた。

駿と四年ぶりのキスをした。長い時間、募らせた思いが込み上がってきて涙となり、止まらない。

もっと……と彼の背中に腕を回し、大胆に求めてしまう。駿もそれに応えてくれて、深い口づけをくれる。

私は心の深い部分で触れ合えたことに最大限の幸福を感じた。そして私達は何度も何度も繰り返し、四年分のキスを重ねた。

第八章

しばらく甘い時間を堪能した後、私達はリビングに移り、寄り添うようにソファに座った。そして私は駿に、優太を妊娠した時のことを話した。

できるだけ森山さんと駿の信頼関係を崩さないように話そうと努力した。

当時はひどいことを言った森山さんが憎かったし、全てを彼のせいにしていた。でも今になって思うと、あんなふうに駿と決別する以外にも、やり方はあったはず。そこまで思い至らなかった自分の考えの浅さを、棚上げすることはできない。

森山さんは私に駿と別れてほしい、子どもを産まないでほしいと言い、金銭で解決しようとした。それは駿や会社を守りたい一心からきたものだったはず。

私がそこまで言うと、駿は苦く辛さを含んだ悲痛な表情を浮かべていた。こんな顔をしている彼にさらに話を続けるのは、酷なことだろう。

大学時代、駿の話には度々森山さんの話が出ていた。そして、厳しいけれど、青柳家や会社のことを第一に考えてくれる、本当に大切な人がいるって言っていた。

だから、今さらその関係性にひびを入れるつもりはないし、そんなことも望んでいない。

ただ、今心配なのは米澤のことだ。私が言う通りに行動しないことに怒った森山さんが、業務提携を解消するかもしれない。

そうならないためにも、言葉を選んで最低限のことは伝えなければ。

会社から離れた土地で他人と暮らし始めた駿を心配した森山さんが、ここにやってきたこと。

駿には、ふさわしい相手と結婚をしてほしいから、どうか別れてほしいと言ってきたこと。

もしも聞き入れてもらえないのなら、米澤からは手を引くと言われたこと。

全てを話した。でも、それは全部、駿や会社を思ってしたこと。森山さんを責めてほしくないし、彼には絶対に何も言わないでほしい。

駿と森山さんの関係に亀裂が入るのは嫌だから。

ただ、業務提携がなかったことにならないようにだけ、注意して見ていてほしい。

私が言い切るまで、駿は一言も発しなかった。全てを静かに聞いてくれ、ゆっくりと口を開く。

「……真央の言いたいことはわかった。森山のことは俺もちゃんと考えるよ」

「うん、森山さんのこと、責めないであげて」

私が懇願するようにそう言うと、駿は苦い顔をして反応した。

「真央は優しすぎるよ。もっと怒ってもいいのに。でも、そこがいいところなんだよな。さすが俺の奥さんで優太のお母さんだ」

「もう、調子がいいな」

そんな会話を交わしてからは、私のスマホにある赤ちゃんの頃から今までの優太の写真を二人で見て、小さな頃の思い出話を駿に語った。

その時の駿の表情はすっかり父親になっていて、そしてほんの少し寂しそうだった。

こんな顔をさせてしまったのは私のせいだ……そう思うと胸がひどく痛んだ。

こうして私達は『言いたくても言えなかったこと』と『聞きたくても聞けなかったこと』を存分に語り合った。駿がいれてくれたカフェオレは当然のように冷めていたけれど、熱っぽい身体には心地よかった。そしてリビングのカーテンの隙間からは朝日が見え始めた。

一睡もしないまま朝を迎えた身体は眠気と疲労で気だるいのに、心は幸福感で満たされている。

「もう朝か。今日はこのまま出勤かな」

駿が笑いながらそう言い、私もつられて笑って頷いた。

優太が駿の子どもであるということを打ち明けてから、三日が過ぎた。

その間に、彼は優太の名前を呼び捨てするようになり、自分のことも『パパ』と言うようになった。ちょっとずつ本当の親子関係を築こうと彼なりに努力をしてくれている。優太は最初、駿がそう言い出したことを不思議がっていた。けれど三歳ならではの柔軟さで『しゅんくん、ぼくのぱぱだー！　やったー！』とすんなり受け入れてくれた。これでようやく、本当の親子としての二人の時間が始まった。

その週の木曜日の夜、駿は夕食に間に合うように帰宅した。ただ、米澤社長と打ち合わせをするために、今日はこの後、米澤へ行くらしい。

あの話し合いの後、私は『会社から一時帰宅をしてとる夕食は、駿の疲れた顔の原因になるし、負担になるからやめよう』と伝えた。駿は『大丈夫』『心配ない』と繰り返したけれど、私が絶対に引かないことを察すると、渋々、承諾した。

これで少しは森山さんも納得してくれるだろうか。駿は私がお願いした通り、森山さんには何も言わないでくれている。

米澤との業務提携については、今日のように米澤社長とコンタクトを取るなどして、ことあるごとにチェックもしてくれている。

多忙なはずなのに、きちんと約束を守ってくれる駿のことがとても頼もしく見える。

その分、私も彼をちゃんと支えなきゃと強く思っていた。

今日の献立はキノコがいっぱいのカレーとコーンサラダ。優太には動物の形をしたポテトも作った。

優太はいろんな動物の形をしているポテトを、ご機嫌で食べている。そんな優太を微笑ましく思って見ていると、駿に名前を呼ばれた。

「真央、ちょっと相談があるんだけどいい？」

「うん、なに？」

優太のお茶をプラスチックのコップに注ぎながら返事をする。

「俺さ、つい勢いで一緒に暮らそうって言って二人を強引に連れて来ちゃっただろ？だから、そろそろ真央のご両親にきちんと挨拶をしたいんだけど、いいかな？」

「えっ、りょ、両親！」

「そう。だっていつまでも、このままでいいわけないだろ？　近いうちに籍も入れたいし」

スプーンでカレーを口に運びながら、駿はサラリとそう言った。たしかに、駿に真実を告げた以上、両親には全てを話しに行かなければ……とは思っていた。それに優太のこともあるから、籍だって早くに入れた方がいい。

「わかった。それじゃあ両親に電話しておくね。近々、大切な話をしたいって」

私がそう言うと、駿は少しいたずらっぽい顔をしてこう言った。

「それに、真央との結婚式だって挙げたいし」

それを聞いた私は、危うくコーンサラダが喉に詰まりそうになった。

「そんな……結婚式なんて、今さらいいよ」

「どうして？　俺、真央のウエディングドレス姿見たいけどな。もちろん優太のかっこいいタキシード姿も」

「たきしーど？」

口の周りをぐるりとカレー色にした優太が、キョトンとした顔をしている。

「男の人のかっこいい服のことだよ。優太はきっと似合う」

駿に頭を撫でられて褒められ、優太は目をキラキラさせている。すっかりその気になった優太の顔を見て噴き出しそうになるけれど、結婚式よりも入籍よりも先に、まずは駿のご家族に挨拶をしなければいけない。

「私……受け入れてもらえるかな」

不安な気持ちをそのまま口にしたら、駿は私の手を取った。

「大丈夫だよ。真央のことは大学時代に散々、両親に話していたから。すごくいい子とお付き合いしてるって。ちょっと順番は違ったけど、俺達は本気だって気持ちが伝わったら絶対にわかってくれるよ」

ずっと会社のために働いて、今は身体を壊して療養中のお父さんと、それを支えながら駿や弟さんを育てたお母さん。駿の人となりを見れば、いいご両親なのだとわかる。ただ、駿の実家への挨拶は、頃合いを見てからという話になった。お父さんの身体の具合に合わせて、日程を調整しなければならないからだ。今は少し、体調が良くないらしい。

「まま一、おでんわ一」

優太が私のスマホを指さして、教えてくれた。会話に夢中になっていて、スマホが鳴っていることに気がつかなかったらしい。

「あっ、理奈だ」

「理奈ってたしか真央の幼なじみの?」

「うん、そう。ちょっと出てくるね」

久しぶりの理奈からの電話だ。私は喜びを隠せないまま立ち上がり、足早にリビングのソファに座った。

「もしもし？　理奈？」

『真央ー、元気にしてた？　新しい生活はどう？』

引っ越しをしてからいろいろと余裕がなくて、理奈には連絡ができていなかった。だから理奈から電話をかけてきてくれたことが嬉しくて、声も弾んでしまう。

「うん、快適だよ。優太もすっかり慣れてきたし」

『そっか、よかったね。広い家に格安で住んでるんでしょー、羨ましいなー！』

理奈は新生活を始めた私と優太のことを気にして電話をかけてきてくれたのだ。お互い話すのは子どものことばかりで、この間、保育園で描いた絵が天才的だったとか、ものすごい量のおねしょをされて、笑っちゃうほど大変だったとか。ひとしきり話した後、また今度一緒に遊びに行こうと約束をして電話を切った。

「りなちゃん？」

私の電話が終わると優太は興味津々に理奈の名前を口に出す。そういえば引っ越すまでは何かにつけ、理奈達と会っていた。優太はしょっちゅう遊んでもらっていたのに、最近は全然会わせてあげていなかったなと気付く。

「そうだよ。あのね、理奈がまた今度遊びに行こうって。優太にも会いたがってたよ」

「あう！　あそぶ！」

理奈の子どもの紗耶香ちゃんも大きくなっているだろうな。子どもの成長はとても早いからなあとしみじみ思う。

「……なあ、真央。その理奈さんのご家族、家に呼んだらどうだろう？」

「理奈の家族を家に？」

「ああ、どこかに出かけてもいいけど、引っ越しをしたことも知っているんだし、呼んであげたら？　俺もキミ達の大切な友人を紹介してもらいたいし、仲良くなりたいな」

駿の提案に一気に緊張が走った。この家に理奈を招待するとなると、駿を紹介することになる。それも優太の父親として。

理奈には優太の父親のことは一切話していないし、あえて理奈もその話題は避けてくれていた。でも、駿と優太と私の三人でちゃんとした家族になろうと思うのなら、避けては通れない道だ。

「そうね……家に来てもらおうかな」

「うん。まずは真央のご両親に会う前の、ちょっとした関門だね。俺、初対面で理奈ちゃんにひっぱたかれないようにしないと」

駿は笑顔でそう言うと、食べ終えたカレーの食器をシンクに持っていく。そして脱いでいたスーツの上着を着て、ネクタイを締め直した。

「じゃあ、行ってくる。優太、ちゃんと残さず食べるんだよ」

「はーい。いってらっしゃい」

スプーンを持っている手をぶんぶんと振り、駿にバイバイをしている優太を見て駿はくしゃくしゃな顔をして笑っている。

子どもの無邪気な姿はやる気を出させてくれるから本当にすごいなと思う。

「いってらっしゃい、気を付けてね」

彼を玄関まで見送り、靴を履いている背中に声をかける。すると、駿は瞬時に振り返り、私の唇に軽くキスをしてきた。

「むっ……！　ちょ、ちょっと優太がいるのに！」

「だから、見えていないところでしただろ？　たまにはいってらっしゃいのキスとか欲しいなって」

いたずらっ子のような顔をして、至近距離でそんなことを呟かれてしまっては、何も言い返せない。私はダイニングテーブルの方にいる優太の方を何度も確認しながら、今度は自分から軽くキスを返した。

「たまにならね……」

「ハハッ。ありがと。じゃあいってきます」

幸せそうな笑みを浮かべ、駿はご機嫌で、米澤社長との打ち合わせに出かけた。

私は緩む頬を両手で覆う。この甘くてくすぐったいような高揚感が、優太にバレないようにしなくちゃ。

「まま、ほっぺあかいね」

それでも優太にはバレバレだったみたい。苦笑いで誤魔化し、優太と二人の夕食を再開した。


翌日の夜、お風呂に入る前に理奈に【今週の日曜日、家族で家に遊びに来ない？】とメールを送信してみた。お風呂上がりにスマホを確認するとさっそく、理奈からの返事が届いていた。

【行っていいのー！　嬉しい！】という文と目をキラキラさせたウサギのスタンプが送られてきた。理奈の笑顔が頭に浮かんで、思わず笑ってしまう。

【じゃあ日曜日の十二時に来てね。お昼ご飯を作って待ってる】

そう返事をした後、この家までのマップの写真とともに、理奈と同じスタンプを送っておいた。

「まま、りなちゃんくる?」

スマホをダイニングテーブルに置くと、優太が私の腕を掴んできた。期待に満ちたその目はとても愛らしくて、自然と目尻が下がってくる。

「うん、来るよ。楽しみだね。たぬたぬのおもちゃで紗耶香ちゃんとたくさん遊ぼうね」

「うん! うん!」

久しぶりに会える理奈達の訪問がすごく嬉しいのか、優太は喜びを爆発させて、リビングを跳ね回る。私はその姿を見てクスッと笑いながら、キッチンへ向かう。さっさと夕飯の後片付けをしてしまおう。

駿は今日、少し遅くなるということだから、理奈が来ることは明日の朝、伝えよう。理奈に駿を紹介する日が来るなんて、まだ実感が湧かなくて不安な気持ちでいっぱいだ。

そこでふと、駿の『俺、初対面で理奈ちゃんにひっぱたかれないようにしないと』という言葉を思い出す。たしかに理奈は昔から何かと頼りになる、姉御的な存在だ。

まさか、いきなり駿をひっぱたくなんてことは……ないよね？

うん。多分理奈なら私の気持ちを理解して、応援してくれる気がする。

そんな不安と希望を抱えたまま週末が訪れた。理奈の家族は約束の時間の五分前に車でやって来た。

停めた車からまず出てきたのは、理奈の旦那様である透さん。続いて降りてきた理奈は、チャイルドシートからそっと紗耶香ちゃんを抱き上げた。すっかり眠ってしまっているらしい。

「いらっしゃい」

「真央ー！　久しぶり！」

玄関口で理奈と挨拶を交わしていると、透さんも会釈をしてくれた。そして優太を抱っこした駿が、リビングから出てくる。

「初めまして。青柳駿と申します。今、真央と優太と一緒に暮らしています」

駿が柔和な笑みで理奈達を迎えると、優太も「りなちゃんー！」と無邪気にはしゃいで歓待している。

「はっ……？」

理奈の驚愕した声が玄関に響き、透さんも目を丸くして私と駿を見ている。

「あの……詳しい話は家の中でランチでも食べながらということで……。とりあえず上がって」

私は冷や汗が出るのを感じながら、理奈達を家の中へと招く。理奈は何か言いたげにしていたけれど、そこはグッと口を閉じて我慢してくれた。

「お邪魔します……」

そして素早く玄関を見回す。うちの靴棚は扉がなく、オープンだ。そこに並んでいる駿の革靴やスニーカー、優太の運動靴などを確認したのだろう。

「本当に、一緒に住んでるんだ……」

そう呟く理奈の独り言が聞こえた。

ぐっすり寝ている紗耶香ちゃんは、リビングの真ん中に昼寝用の布団を敷いて、そこに寝かせた。まずはランチにしようということで、両家が向かい合う形で、ダイニングテーブルにつく。駿と私に挟まれて座る優太は「ぎゅうぎゅうだねー」となんだか嬉しそうだ。

ランチに用意したのは手巻き寿司。各自が気を遣わずに、好きなものを巻いて食べられると思ったからだ。

お刺身の盛り合わせを用意してくれたのは駿で、部下に親が市場で働いている人がいるらしく、そこで新鮮なお刺身を購入してきてくれた。

私は野菜いっぱいのお味噌汁《みそしる》を作り、デザートにスイカを切って冷蔵庫に入れてある。

「うわあ！　美味しそう！」

魚が好きな理奈はテンションが高くなり、嬉々とした表情をしている。

「本当だ。昼からこんな贅沢《ぜいたく》ができるなんて嬉しいな」

隣に座っている透さんも嬉しそうだ。透さんと一緒にご飯を食べるのは、これで二回目。優太の三歳の誕生日以来だ。学生時代は野球部でピッチャーをしていたというだけあって、なんでももりもりと美味しそうに食べてくれる。

黒髪の短髪で褐色《かっしょく》の肌をした彼は、屈託のない明るい笑顔を見せる。周囲にとても爽やかな印象を与える、そんな人だ。

夫婦ともにさっきの訝しげな顔から一気に輝いた表情になった。よかった……とホッとしていると、理奈が咳ばらいをする。

「まずはこんな美味しそうなランチを用意してもらったから、遠慮なく頂くわね。あっ、そうだ。これ。引っ越し祝いにと思って買って来たの。よかったら飲んで」

理奈が差し出してくれたのはスパークリングワインと、100%のオレンジジュースとアップルジュースの詰め合わせだ。

お酒なんてプレゼントしてもらったのはいつぶりだろう。もらうことがあまりない贈り物に心が高揚する。

「わっ、ありがとう！　冷やして飲ませてもらうね」

「よかったらお二人で、ご一緒にどうぞ」

理奈は様子を窺うように駿に視線を送る。その視線を受けた駿はニコッと笑って言った。

「ありがとうございます。嬉しいな、真央と一緒にお酒が飲めるなんて」

理奈に笑顔を向けた後、私を見てさらに笑顔を浮かべる。私は照れくさくて「うん、そうね」と返すことしかできなかった。

それから私達は、心ゆくまで手巻き寿司を堪能した。お腹がいっぱいになった優太は、ずっと寝ている紗耶香ちゃんの隣で暇そうにゴロゴロしている。そして数分も経つと眠くなってきたのか、一緒になって寝てしまった。すると、理奈が私と駿を交互にじっと見つめてから、こう切り出した。

「さて……どうしてこんな若い男と一緒に暮らしているのか、説明をしてもらいましょうか」

ちょっと怒ってる……？　隠していたことを怒っているのだろう。私は深呼吸してから、口を開いた。

駿とは大学で出会って交際が始まったこと。駿が留学している間に妊娠がわかり、それを隠して大学を辞め、地元に戻ってきたこと。森山さんの存在がきっかけにはなったけれど、それだけがシングルマザーになった要因ではない。自分の責任でもあるということも、きちんと話した。

私なりに全部丁寧に説明したつもりだ。そのおかげか、最初は眉をひそめていたものの、話が終わりになる頃の理奈の顔はほんの少し納得してくれた表情をしていた。

「お話はわかりました。どうして真央がシングルマザーになったのかも謎が解けたわ。そんなおっさんがいたのね」

「お、おっさんって」

森山さんのことを『おっさん』呼びする理奈の物言いがツボにハマったのか、駿が噴き出して笑った。隣にいる透さんは「だからそういう言葉遣いはやめろって」と呆れ顔だ。

「私、回りくどいことは嫌いなので単刀直入に聞きますけど」

理奈は真剣な顔になって前のめりになり、駿を真っ直ぐ見つめる。駿は首をほんの少し傾けて穏やかな顔をしていた。

「なんでも聞いてください」

「真央と結婚する気はあるんですか？」

理奈ったら直球すぎる！　もっとオブラートに包んだ言い方があるんじゃないかと思ったけれど、透さんも止めないし駿もうろたえている様子はない。

戸惑っているのは私だけで、理奈も駿も真剣にこの話をしていることが伝わってくる。だから、唇をギュッと噛みしめて駿の言葉を待った。

「もちろんです。お互いの両親に挨拶が終わったら、すぐに籍を入れようと思います」

優しいけれど、芯の通った声だ。一緒にいたい。ずっと守りたい。駿は普段から恥ずかしげもなく、私に気持ちを伝えてきてくれる。けれど私以外の人がいる前で、こんなにはっきり言ってくれたのは初めてのこと。私はそれにとても感動してしまった。

だけど、理奈はまだ納得していない顔をして駿を見ている。この展開には嫌な予感しかしない……。

「でも、もし親に反対されたら？」

「り、理奈！」

理奈の踏み込んだ質問に、私は思わず立ち上がってしまった。

たしかに、親に反対されることを考えないわけではなかった。うちの両親は……怒るかもしれないけれど、最後は受け入れてくれるだろう。けれど駿のご両親は……？反対された時、駿はどうするの？　駿とはまだ、そんな話をしていない。駿はいったいどう考えているのだろう。

そう思って駿のことをチラッと見ると、笑みを崩さず余裕な顔をして理奈を見つめ返していた。

「そうだなあ……許可が出るまで引かない……かな。納得してくれるまでいつまでも説得はします。でも、どうしても許されなかったら、その時は駆け落ちでもしようかな」

「えっ！」

今度は勢いよく駿の横顔を見て大声を出してしまった。そのせいで紗耶香ちゃんと優太がびっくりして起きてしまい、駿は苦笑いをする。

「だって、もう後悔はしたくないから。まあ、駆け落ちは言いすぎたけど、それくらいの覚悟はあるってことだよ」

私と理奈の両方にニコッと微笑んだ駿は「優太、起きちゃったね。俺、相手してくるよ」と言って、紗耶香ちゃんにつられて大泣きしている優太のもとへ向かった。透さんも泣いている紗耶香ちゃんのところに行き、あやし始めた。

私は静かに座り、子ども達をあやしている駿と透さんを見つめる。男同士、共通の話題があるのか子どもを挟んで話しているうちに、すっかり打ち解けていた。

そんな大人二人と子ども二人を見つめ、理奈がポツリと呟く。

「優太くんの父親……まあいろいろあったみたいだけど、優太くんの面倒もちゃんと見てくれる、いい人じゃん」

「……うん、そうだね。私にはもったいない人だよ」

子ども達は泣き止み、それぞれの父親に抱っこされてご満悦な表情をしている。その顔が愛おしくて、勝手に頬が緩んだ。

「真央、幸せそうでよかった」

私の微笑みを見て、理奈が感慨深げにそう言った。私は静かに頷く。

「うん、幸せだよ。優太との二人の生活も幸せだと感じていたけれど、今はまた違う幸せを感じてる」

ウーロン茶が入っているコップを両手で持ち、この言葉が本音であることが伝わるようにしっかりと語る。理奈はそんな私を見て、人差し指を立てた。

「今なら父親のこと、おじさんやおばさんに言っても大丈夫なんじゃない？　だって、真央めちゃくちゃ幸せそうなんだもん。それに、相手の本気もわかったし。今時、駆け落ちまでしようなんて言ってくれる男、そうそういないよ」

さっきの駿の言葉が響いたのか、口に手を当てて理奈はニヤニヤと笑っている。でも、からかう感じではなくて喜びを隠しきれていないって感じだ。

「優太くんも本当に懐いているもんね。今の二人を見たらおばさん達も安心するだろうし、反対もしないと思うよ」

「そう……かな」

「そうだよ。真央とはもちろんだけど、おじさんやおばさん達との付き合いだって私、同じだけ長いんだからね。その私が言うんだから、間違いない。頑張れ」

短いけれど、エールを送ってくれた理奈。彼女のこの明るさとポジティブな言葉に今までどれだけ救われてきただろう。

理奈にこれ以上心配かけないためにも、家族三人で幸せになれるよう、前向きに頑張らなきゃ。

「うん、ありがとう。頑張る！」

「おう、頑張れ！　泣き言ならいつでも聞いてあげるからね」

「ふふっ、ありがと」

親友の温かい言葉に励まされ、次へと踏み出す熱い気持ちをもらった。駿と優太と幸せになるために前進しなきゃ。

私の両親と駿の両親と、そして森山さん。彼らにも認めてもらえるように自分の気持ちを伝えるんだ。

私は楽しげに笑う愛しい人と我が子の笑顔を見ながら、改めて決意をした。

理奈の家族が来てくれたその夜。私は先延ばしにしていた両親と駿の顔合わせの日程を、駿に相談した。再来週の日曜日なら都合がつくという話になり、実家に電話をする。

今住んでいる家に二人で来てほしいと言った私は、一呼吸置いて「紹介したい人がいる」ということだけを母親に伝えた。すると、今回の誘いの理由を察してくれたのかすぐに『わかったわ』と短い返事をくれた。

お母さんって本当にすごい。全部を話さなくても、ちょっとしたニュアンスで何かを察知してしまうんだから。私も優太にとってそんな母親になりたいなあとしみじみと思ってしまった。

両親が私達の家に来たのは猛暑真っただ中の八月上旬。この家の周辺は比較的開けているとはいえ、田舎町だ。蝉《せみ》の声は都会の倍以上しているし、その声は道路にまで響いて反射している気がする。

少し動いただけでも汗が噴き出すこんな時期に両親を呼び出すのは、非常に申し訳ない。電話でそう告げると『久しぶりに優太に会えるから嬉しい』と言ってくれた。

「優太ー、今日、じいじとばあば来るからね。ちゃんとご挨拶するんだよ」

「じいじー、ばあばー」

私の両親に会えることがよほど嬉しいのか、たぬたぬのおもちゃで遊びながらずっとじいじとばあばの名前を呼んでいる。生まれた時からずっとそばにいた両親は、優太にとって第二の親に近いのかもしれない。

もしかしたら、引っ越しをしたことでお互いに寂しい思いをさせていたのかな、と思うと胸がズキッと痛くなる。

そんな私とはまた違った感情を抱いているのは、駿だ。

「はあ……緊張してきた」

ワイシャツにネクタイ、そしてスラックスという格好をして、私の両親を今か今かと待っている。初めは立ったり座ったりしていたが「少しは落ち着いて」と私に言われてからは、とうとうリビングの中央に立ったままだ。

恋人同士だった時は、漠然と『両親と駿を会わせたいな』と思っていた。けれど、まさかこんな状況でそれが叶うとは。実は私も昨日から緊張していた。けれど、駿があまりにも緊張しているから、私の方はすっかり冷静になってしまった。

「大丈夫だよ。私の両親、どちらかというと穏やかな性格だから」

そうなだめたけれど、駿は首を左右に振っている。

「さすがに穏やかな人でも、俺は何発か殴られる覚悟をしているよ。だって、大切な娘の真央を苦労させた張本人だからね」

「そんな……大丈夫だよ」

そうは言ったけれど、実際のところ、うちの両親が優太の父親に対して、どれだけ大きな怒りの感情を抱いているのか……私には見当がつかない。未熟な私を見捨てず、文句も言わず優しくサポートしてくれた両親。二人とも声を荒らげたり、強引に何かをしたりする人ではない。

でも私が妊娠してから今日に至るまで、じっと抑えつけていた感情があってもおかしくはないはずだ。もしかしたら『今さら、同居なんて認めない。一緒に帰ろう』なんて言われるかもしれない……。

もし、そうなったら納得してもらうまで説得してみよう。この人と……駿と家庭を作りたいって言うんだ。

手に力を込めてギュッと握りしめると、リビングのテーブルの上でスマホが鳴った。いち早く気付いた優太が、それを走って持って来てくれる。

「ばあば!」

ディスプレイの文字を見て優太は嬉々とした顔で私にそう言った。文字はまだあまり読めないのに相手がわかるのは、何度もこの文字を見ているからだろう。

「本当だ、ばあばからだね。もう着いたってメッセージが来たよ」

「おむかえ!」

優太は私の服を引っ張り、玄関の方を指さす。優太と手を繋ぎ、玄関に向かいながら駿に声をかけた。

「じゃあ、外まで迎えに行ってくるね」

「ああ、俺は中で待ってるよ」

意気揚々としている優太に比べて、駿はピリッと緊張した面持ちになっている。多分、私も駿と同じ顔をしていることだろう。

軽く深呼吸した後、靴を履いて玄関を開ける。そこには、両親が愛用しているシルバーのコンパクトカーが停まっていて、ちょうど二人が降りてくるところだった。

「じいじ！　ばあば！」

両親の姿を見つけた優太は、弾ける笑顔と明るい声で二人のもとに駆け寄っていく。優太を見つけたお父さん達は緩んだ表情になり、お母さんはすぐに優太を抱っこした。

「久しぶりね、優太。しばらく見ないうちに大きくなったわね」

そして驚きと嬉しさが交じった声で「こんなに重くなってるわ」と言いながら、お父さんに抱っこを交代している。二人に抱っこをされる優太の姿を見るのは久しぶりで、緊張がほんの少し緩和した気がした。

「こっちが玄関よ」

三人で和気あいあいと喋っている姿をいつまでも見ていたいけど、今日はこれが目的じゃない。中で待っている駿に会ってもらって、三人で家族になることを認めてもらわなきゃいけないんだから。

私が促すと両親も優太も家の中へと入って来た。玄関で靴を脱ごうとするとリビングから駿が姿を現す。

「初めまして。青柳駿と申します。挨拶が遅れてしまい、申し訳ございません」

駿は両親の顔を真っ直ぐ見つめてから深く頭を下げる。お母さんはチラッとお父さんの方を見て、様子を窺っている。お父さんは冷静な口ぶりで、駿の挨拶に応える。

「初めまして。真央の父親です。上がってもいいかな？」

「もちろんです。こちらにどうぞ」

駿の言葉を聞き、お父さんもお母さんもリビングへと向かって行く。私は心臓がものすごい速さで動くのを感じながら、必死に平静を装う。

リビングのセンターテーブルを挟んでお父さんとお母さん、私と駿、そして駿の横に優太が座る。

いつもより少し顔が強張っている駿が珍しいみたいで、優太はずっと駿の横顔を見つめていた。

それに気付いた駿が笑顔で優太の頭を撫でると、嬉しそうに優太は笑う。その様子を見ていたお母さんがクスッと笑いながら口を開いた。

「この人が優太の父親なの？」

「お、お母さん!?」

いきなりの爆弾発言に私の大声がリビングに響いた。肝心なことはまだ何一つ言っていないのに、お母さんは全てわかっているようにため息を一つついた。

「今日、家に呼んだのはそういうことなんでしょ。何となく察しはついていたわよ」

「えっ……じゃ、じゃあ、今日呼んだ理由……わかっていたの？」

いろいろと察してくれているとは思っていたけれど、まさかそこまで見抜いていたなんて……。私は驚きのあまり膝立ちになってしまったし、隣にいる駿も目と口を開けて呆然として両親を見ている。

「当たり前じゃない。だって真央、いきなり引っ越しをするって言い出すし、引っ越し先には来るなって言ったり、挙句の果てには同居人がいるって言ったり、おかしなことだらけなんですもの」

今度は、はあっと盛大にため息をつかれ、私は罪悪感でいっぱいになる。ずっとお世話になっていて迷惑をかけた両親を、ないがしろにしてしまったんだ。怒られてもしょうがないのに、ずっと見守ってくれていた。両親には本当に感謝の気持ちでいっぱいだ。

申し訳ない表情をしていると、お母さんが続きを話し出す。

「それでね、ああ、さてはいい人ができたな、とは思っていたわ。ただ、優太の本当の父親だとは思っていなかった。それを確信したのは、ついさっき。優太を見つめるその眼差しを見たからよ」

　これは母親の直感というものなんだろうか。それにしてもこんなにあっさり言い当てられると拍子抜けしてしまう。

　だけど、駿の背筋はさらに伸び、深々と頭を下げる。

「同居のことに関しては、彼女達と一日も早く一緒に住みたいと強く願った僕が強引に進めてしまったので……何もかも事後報告となり、本当に申し訳ございません」

「そう思っているのなら、もっと早くに会いたかったよ。できれば、真央が妊娠する前くらいにね」

　お父さんが盛大にため息をつきながら両腕を胸の辺りで組んでいる。私と駿は顔を見合わせ、視線を落とす。

「そのことについては……本当に申し訳ございません。言い訳はいたしません。全て僕の責任です」

　駿は、私が一人で優太を育てる状況になってしまったことを、全部自分の責任にしようとしている。

　それは違う。だって、駿は私が妊娠していたこと、森山さんとやり取りがあったこと、勝手にいなくなった理由、全部知らなかったんだ。

だから、私は慌てて口を挟んだ。

「駿、そんなこと言わないで。あのね、お父さん、お母さん。駿は私が妊娠していること、全く知らなかったの。それに、今まで一緒にいられなかったのには事情があって……！」

「それでも連絡一つ寄こさず、真央一人に苦労させた責任はこの男にあるだろう。真央が一人でしんどい思いをしていたことを知らなかった、すみませんでしたと言われてすぐに納得できる問題じゃないぞ」

「それは……」

駿が私の妊娠を知っていようがいまいが、私が苦労した事実は変わらない。両親はそう言っているんだ。いざ正論をぶつけられると、何も言い返すことができない。

だけど、彼から連絡ができなかったのは森山さんが彼のスマホを隠して、連絡手段をなくしたからだ。その説明をしようと思ったら、駿の横に座っていた優太がお父さんのもとに行き、お父さんの腕を小さな手でペチンと叩いた。

「じいじ、めっ」

「えっ」

「優太……」

優太は頬を膨らませて怒り、お父さんを睨んでいる。私はびっくりして声を出し、駿は優太の名前を呼んでいた。

「まあ、優太ったらじいじに怒っているの？」

お母さんが優太に問いかける。優太は怒りながらもう一度、お父さんの腕を叩いていた。

「じいじ、ぱぱのことおこったらだめ！」

それを見て駿は焦っているけれど、私は父親である彼のことをかばってくれる我が子が逞しくて、そして愛おしくて視界が涙で滲んでくる。

「優太、じいじは別に怒っているんじゃなくて……」

優太に怒られたお父さんが、先ほどまでとは打って変わって焦った表情をしている。

そんなお父さんを見て、優太はさらにペチペチとお父さんの腕を叩く。

「だめなの。じいじ、こわいかおだめ」

可愛い孫にこれだけ言われてしまうと、さすがのお父さんも苦笑いだ。もうお父さんが駿を責めないことがわかると、優太は駿のもとに行き膝の上に座った。

「会ったら一発くらい殴ってやろうと思ってたんだが……これじゃあ優太がくっついて離れないから、殴るどころか近づくこともできないな」

「優太は本当に懐いているのねぇ。会えなかった時間とか、本物の親子には関係ないのかしら」

仲睦まじい駿と優太の姿を見て、両親の雰囲気が一気に穏やかになった。さっきまでのピリッとしたムードもなくなり、肩の力も抜けていくみたい。

お父さんが駿と優太、そして私の顔をそれぞれ見た後、満足気に微笑んで私を真っ直ぐ見た。

「本当に……親子なんだな。よかったな、優太、真央」

表情も緩くなり、落ち着いたお父さんの声を聞いて、私の緊張感もすっかりなくなった。隣にいる駿の横顔は心の底から安堵していて、瞳も心なしか潤んでいるように見える。

そこで私は「ちょっと長くなるのだけど」という前置きをして、これまでの経緯を話すことにした。

「私が優太を一人で育てることになったのには、ちゃんとした理由があるの。今日はそれを聞いてほしい」

私の必死の訴えに両親は姿勢を正し、静かに聞いてくれた。

私は時々言葉に詰まったり、泣きそうになったりしながら、事の経緯を話した。特に、倒れた父親の跡を継いで社長になった彼が、その間にも一生懸命、私を探してくれたこと。そして再会してからは、私だけでなく優太にも大きな愛情を注いでくれていること。少しでも駿の温かい人柄が伝えられるように、長い時間をかけて丁寧に説明をした。

その間、駿は優太がつまらない思いをしないように、少し離れたところでお話をしたり、おもちゃで一緒に遊んだりしてくれていた。その様子を見ていた両親は深く頷き、ため息をつく。そして優太の相手をしている駿の方に向き直り、その目を真っ直ぐに見てこう言った。

「あなたにはあなたの事情があったのはわかりました。そしてとても苦労されたことも……私達一般人には到底理解できない、大変な状況だったと思います」

口を開いたのはお母さんだった。よかった……伝わった。これで納得してもらえる！と期待したけど、両親の目の色は複雑そうに揺れていた。

ああ、やっぱり認めてもらえないのかな。せっかく明るくなってきた感情に再び緊張が戻り出す。だけど、次に見た両親の表情はまた穏やかな顔に戻っていた。

「間に人が入っていたとはいえ、あなたが娘をずっと放置していたことは、やはり簡単に許せるものではありません。だから、これからはあなたの行動と誠意を見て、判断をしたいと思います」

お母さんは厳しい言葉を使ってはいるけれど、駿に向けたそれは、家族を見る温かい眼差しだった。私はホッとした途端、泣きそうになってしまうけどそれを必死に我慢した。

駿は私のところまで歩み寄ると隣に座り、私の手をそっと握った。そばにいる優太はキョトンとした顔で、駿と私を見上げている。

「はい。真央の夫、そして優太の父親として認めてもらえるよう、精一杯努力します」

そう言った駿に、お父さんは間髪を入れずにこう言った。

「当たり前だ。娘や孫をちょっとでも不幸にするようなら、すぐにでも連れて帰るからな。そのことだけは覚えておくように」

「はい」

お父さんだけは厳しい顔を崩さぬまま、強い言葉で駿に語りかける。彼にもその意図が伝わったようで、しっかりとした口調で返事をしていた。

私は鼻をすすり、目尻の涙を指で拭う。その様子を見ていたお母さんはため息交じりにこう言った。

「真央もなんでも我慢して自分でやろうとしちゃダメよ。心強いパートナーができたのだから、もっと甘えなくちゃ。あなた、昔から甘え下手なんだから」

「わ、わかった」

甘え下手か……自分がそんなタイプだなんて考えたことがなかったけど、言われてみればそうなのかもしれないと思う。でも、今でも充分、駿には甘えさせてもらっている。だって駿はいつも、私がしてほしいと思うことを察して、先に動いてくれている。そう考えると、改めて彼の存在の有難さがわかり、愛おしさが募る。

駿の膝の上に乗っていた優太が、今度は私の膝の上に乗って来た。その顔が可愛くて泣き笑いをしてしまう。

駿は私の手をまた強く握り、目と目を合わせた。

「今まで離れていた分、そしてこれから一生一緒に暮らす分も、必ず二人を幸せにします」

両親の前で将来を誓う言葉を発してくれた彼の顔はほんのりと赤く、でも意志を曲げない強い瞳をしている。彼の真剣な思いは両親に届いただろうか。

どうか伝わっていますようにと願いながら、私も彼の手を握り返した。

「私も……こんな私をずっと想っていてくれて、迎えに来てくれたこの人と一生一緒にいたいと思う。優太と駿で家族になりたい」

「ええ、わかったわ。これから三人で頑張りなさい」

私達二人の想いを笑顔で受け入れてくれたお母さん。お父さんはどことなく寂しそうだけど、深く頷いてくれた。

「ありがとう、お父さん、お母さん」

「ありがとうございます」

「あいがとう」

私と駿が両親に頭を下げてお礼を言っているのを見て、優太も真似をしてたどたどしくお礼を言いながら頭を下げた。

無邪気な優太の動作を見て、四人で声を上げて笑ってしまう。

「さあ、もう堅苦しい話は終わりにして、今からご飯でも食べに行きましょうか」

お母さんが両手をパンッと合わせて場の空気を変えてくれる。外食という言葉に一番に反応したのは優太だった。

「ごはん！　おむらいすたべたい！」

「おっ、優太はオムライスが食べたいのか。じいじが美味しいオムライスを食べさせてやるぞ」

「やったー！」

両手を上げて喜ぶ優太は駆け足で、じいじとばあばのもとに行く。二人は立ち上がり、私達に声をかけてくれた。

「さっ、行くぞ。駿君、真央」

「はい！」

二人で笑顔になって立ち上がる。よかった……これでもう本当に大丈夫だ。家族として認めてもらえた。

その日の外食は、私が幼い頃からよく行っていたファミリーレストラン。でも、新しい家族の駿がいるだけでまた特別な場所となる。

そんな幸せを噛みしめながら、何気ない、だけどとても幸福感に満たされた時間をみんなで過ごした。

第九章

両親に駿を紹介した日から二週間が経った。八月下旬になると夏の暑さはピークになり、長時間外にいるとすぐに熱中症になってしまいそうだ。

夜になっても暑く、お風呂に入ってもすぐに汗をかいてしまう。お風呂上がりに優太に汗疹の薬を塗っていると玄関のドアが開く音がした。

「ぱぱ！」

「あっ、こら優太まだお薬の途中だよ！」

駿が帰って来たことがわかると、優太は飛び跳ねるように走って玄関まで迎えに行く。もう、まだ薬を塗っている途中なのに……と心の中で独り言を呟きながらも、その無邪気な姿を見ると簡単に許してしまう。

「ただいま、優太」

「おかえりなさい！　……これ、なに？」

元気いっぱいに出迎えたと思ったら、意識は駿が持っている大きな箱に集中していた。こんな大きな買い物、頼んだっけ？と私も首を傾げる。

「これはね、夏になったら優太と遊びたくて、絶対に買おうと思っていた物なんだ。本当はもっと早くにって思っていたんだけど」

「なに？　なに！」

大興奮状態の優太は早く見せろと催促している。駿が笑いながら箱を玄関に置くと、隠れていた商品名と大きな写真が見えた。

「ぷーる！」

「あっ、ビニールプール？」

「そう。せっかく一軒家で庭もあるんだから、使わないとね。結構大きいサイズを買って来たから、お友達を連れてきても全然大丈夫だよ」

優太は突然現れたビニールプールを見て喜びを最大限に表し、大興奮状態だ。そういえば、今年の夏もプールに連れていってあげられていない。

毎年、夏になると『プールに連れていってあげたい』と思っていたのだけれど、仕事や家事の疲れから、なかなか重い腰を上げることができなかった。だから駿のこうした心遣いは、本当に嬉しい。

「ぷーる！　ぷーる！」

「ハハッ。こんなに喜んでもらえるなんて、買って来たかいがあったよ。今週の日曜日はこれで遊ぼうな」

「うん！」

思い切り頷く優太に「じゃあパジャマを着よっか」と促してくれる。ご機嫌な優太はすんなりと言うことを聞いてくれ、パジャマを着るためにリビングへと戻った。

「ありがとう、駿。実は優太、保育園で水遊びはするんだけど、まだプールで遊んだことがないの。毎年、やってあげようと思ってもなかなかできなくて」

「家でのプールって準備も大変だし、後片付けも一苦労だろ。俺がいる時はやるから、気にしなくていいよ。それに日曜日は俺が優太を見ているから、真央はデザインスクールの課題をするといいよ」

そこまでしてもらっていいのかな……と複雑な気持ちになるけれど、駿はやる気満々なようでニコニコと笑顔を絶やさない。

「じゃあ……お願いしようかな。でも、一人じゃ大変だから、用意や後片付けは手伝うね。あっ、優太の水着を出しておかなくちゃ」

保育園でいつも使っているのとは別に、遊び用にもう一着の水着を持っていて、ようやく出番がやってきたことに私も嬉しくなる。

そんな私の耳元に駿は顔を近づけてきた。

「真央の水着姿が懐かしいな。すごく可愛かった。また、見たいよ」

「なっ……！」

私の水着姿なんて、初めて二人で海に旅行した時にしか見せていない。あの時は最高に幸せだった。でもその後に起こったことが、あまりにも辛すぎた。

これまでは、甘い記憶と苦い記憶が常にセットで押し寄せてくるのが苦しくて、あの旅行のことはあまり思い出さないようにしていた。でも駿の言葉で、一瞬でいろんなことが蘇ってくる。

「また一緒にお風呂にも入りたいね。優太が一人でお風呂に入れるようになる日が待ち遠しいな」

「も、もう……」

急にそんなことを言われて怒った振りをするけれど、心の中はまるで昔の私に戻ったように彼の一言にドキドキしている。

こんな姿、優太には見せられないな……でも、私達が仲良くしていると優太も嬉しそうに笑っているから、それはものすごく救われている。

「……そのうち……ね」

だから、少しだけ素直になれるのかもしれない。ポツリと言った言葉を駿は聞き逃していなくて、ぱあっと明るい表情になった。

「楽しみにしているよ」

チュッと音を鳴らしてこめかみにキスを落とし、リビングに行く彼の背中を見つめる。

はあ……これくらいで心臓が激しく動くなんて、一緒にお風呂に入る時がきたら、私の心臓は麻痺《まひ》を起こしてしまうかもしれない。

あれ、そういえば恋人同士のスキンシップってどうやってたっけ？　そんなことを思い出せないくらい、私は恋愛というものから遠ざかっていたみたいだ。毎日の暮らしに追われ、子育てと家事と仕事を一人でやっていたのだから当たり前だけど。

「真央」

私が玄関で一人そんなことを考えていると、すでにパジャマを着た優太は駿に抱っこをされていた。その顔は眠たくてたまらないという感じで大きなあくびをしていた。

「優太がもう寝そうだから、このまま寝かしつけに行ってくるね」

「あっ、疲れているのにごめんなさい」

「いや、大丈夫。その代わり、コーヒーでも淹れておいてくれたら嬉しいな」

「うん、わかった。優太、おやすみ」

「……おやすみ、なさい」

眠気がギリギリまでやって来ているのか、優太の返事はたどたどしい。

駿は優太を連れて二階の寝室へと上がっていった。今はもう寝室は別々ではなくベッドを並べて三人で川の字になって寝ている。

着々と家族の形ができ上がっていく私達。ここに暮らし始めた時と比べたらいろんなことが様変わりしている。それが全部嬉しい変化ばかりだ。

鼻歌を歌えるくらい心はご機嫌になり、コーヒーメーカーをセットする。優太は本当に眠かったみたいで、すぐに寝付いたのかコーヒーができ上がるタイミングと同じくらいに駿がリビングにやってきた。

「もう寝たの？　わっ」

駿はキッチンにやってきたかと思うと、私を後ろからギュッと抱きしめてきた。吐息が耳にかかりくすぐったい。

「ど、どうしたの？」

「いや、さっき昔の話をしたら、無性にこうしたくなって」

駿の低い声が耳に届き、身体がゾクッとする。そんな甘い雰囲気に身体が悶《もだ》え、足が震えてしまう。

「む、昔の話って海に旅行した時の話？」

「そう。あの時、すごく楽しかったよね。めちゃくちゃ盛り上がったし」

「も、盛り上がったって……」

その言い方にものすごく含みがあって、勝手に身体の熱が上昇する。耳まで熱くなったのを感じていたら、駿が私の顎に手を添えて、強引に後ろを振り向かせた。

「真央」

「んっ……」

名前を呼ばれたと思ったらすぐに唇が重なる。それは軽いものではなくしっかりと重なり、角度を変えて何度も求められた。私を抱きしめていた腕は力を強め、手は身体のラインをなぞるように触れてくる。

「あっ、ちょ、ま、待って」

「ダメかな？　これでも今までずっと我慢してきたんだけど」

たしかに駿は気持ちを確かめ合った今でも、優太の生活のことを第一に考えて暮らしてくれている。だから、キスより先のことはしていないし、二人目を作ろうなんて話もしたことがない。

優太のことを優先してくれるのは、とてもありがたいことだ。だけど、私は駿を昔よりずっと好きになっている。だから駿に求められて、嫌なんてことはない。むしろいつも触れていたい、触れてほしいと思っている。

「ダメじゃ……ない」

私の小さく呟いた言葉を聞いた瞬間、駿の体温が上がった気がした。私達は向かい合わせになり、彼は私をじっと見下ろす。

「嬉しい……けど、なんかごめん。がっついて恥ずかしいな」

いきなり殊勝になった駿を見て、噴き出してしまう私。クスクス笑いながら、彼の鎖骨辺りに額を当てた。

「強引なのは今さらじゃない？」

「まあ、たしかに。じゃあ、もっと強引に迫ろうかな」

「えっ？　きゃっ！」

急に視界がぐるんと回転してキッチンの天井が見えた。これ、駿に横抱きにされているんだ！

「ちょ、は、恥ずかしいよ！　それに私、重いから下ろして！」

「全然重くないよ。むしろ、昔の方が重かったと思う」

「ちょっと！　それはフォローになってない！」

「ハハハッ」

こんな緩いやり取りが懐かしくて、怒っているはずなのに自然と顔がにやけてしまう。それに「下ろして!」なんて言ってるけど、こんなふうに優太の母親としてではなく女性として扱ってもらい、心も身体も喜んでいるのはたしかだ。

駿は私をリビングに連れていくと、ソファにゆっくりと下ろす。三人掛けのソファは寝転ぶには充分な広さがあり、彼はそのまま私に覆いかぶさってきた。

「ここでごめん。本当は寝室に行きたいけど、優太がぐっすり眠っているからね」

「うん、いいよ。駿となら、どこでもいい」

顔が火傷しそうなくらい熱い。だって、いくら雰囲気に飲まれているとはいえ、こんなことを素直に言えた自分に驚いた。

そしてその言葉を聞いた駿が、予想以上に照れていて喜んでいることにも。

「こんなに素直で可愛い真央を見たのはいつぶりだろうな」

「だって……優太がいる時はこんなこと言えないし……」

「わかってる。だから、俺の前ではもっと甘えてくれていいんだよ。俺も、俺を求めてくれる真央をもっと見たい」

鼻先にキスを落としながら、駿は待ちきれないのか私のパジャマの裾から手を入れ、ウエストのラインをなぞった。

「んっ……」

敏感な場所に触れられ、鼻に抜ける甘い声が出る。熱くなった駿の吐息が耳にかかり、身体の芯からゾクッとした。

優太を産んだ今は昔と比べたら体型も崩れているし、女としての自信なんてこれっぽっちもない。でも、身体も心も疼き、その気持ちはしっかりと駿を求めている。

これ以上求められたら、理性なんて簡単に吹っ飛びそうだ。でも、それを期待している私もいる。

もう一度、駿に求められたい。愛されたい。彼のものになりたいと強く願っている。

「駿……好き」

彼のことを愛おしく思う言葉が勝手に口からこぼれた。擦れた声で囁いた告白はしっかりと駿のもとに届いたみたいで、見間違いじゃなければ一瞬で彼の顔色は真っ赤に染まる。

「不意打ちだ」

そして嬉しそうに笑うと、唇を強く押し当てた強引なキスが始まった。私の唇は舌先で強引に開かれ、彼の柔らかい舌が侵入してくる。

「ふっ……ん」

窒息しそうなくらい荒々しい行為に、彼を抱きしめる手にも力が入る。でも、こうして求められることを心の底で望んでいた私は、彼のワイシャツを脱がし、一刻も早く素肌で触れ合いたいと渇望してしまう。

「真央……愛してる」

駿からの甘い囁きが届き、何度も頷く私。あっという間に一糸まとわぬ姿になった私達は一ミリも離れたくなくて、熱くなった身体を重ね、時間を忘れるくらいお互いを求める行為に没頭した。

触れ合う肌と体温は、四年前と同じくらい……いやそれ以上に熱く昂《たかぶ》っているのを全身で感じる。

今は彼のことだけを思い、感じたい。何度も駿の名前を呼ぶ私に呼応するように、彼の激しさが増していく。そうして私達は愛の言葉を囁き合い、激しく求め合う。

二人でしか感じられない幸福感は心も身体も満たしてくれて、次の日の朝は身体のそこらじゅうが痛くなっていたけれど、それも笑い話になるくらい忘れられない夜となった。

プール遊びを約束していた日曜日がやってきた。この日も猛暑と例えるにぴったりの気温で、ビニールプールに張った水もぬるくなってしまいそう。

「よし、準備完了！」

ビニールプールに空気を入れ、水を張り終わるのをずっとソワソワしながらリビングで待っていた優太は私の声を聞いた途端、庭に飛び出してきた。

「ぷーる！　いい!?」

「優太、ちょっと待って。プールに入る前にちゃんとお腹や胸にお水を当てるんだよ。いきなり入ると身体がびっくりしちゃうからね」

保育園の実習生時代もこうして小さな子達に言い聞かせていたなと懐かしく思いながら、ホースの先を指先で摘まみ、小さな水しぶきを作る。

それを優太のお腹や胸に当てると、すでに水遊びが始まったみたいにはしゃぎ出す。

「きゃはは！　つめたい！」

「こら、ちゃんと水をかけて」

小さな手で水を掴もうと頑張る優太は、顔や頭に水がかかっても平気そうに遊んでいる。その楽しそうな表情に、怒りながら笑ってしまう。

「可愛いなあ」

そんな独り言を言ったのは、私ではなく庭に出てきた駿だ。濡れてもいいようにラッシュガードとハーフパンツ姿で、優太を見ながらしみじみと呟いている。

「俺の子ども、本当可愛い」

感慨深げに言うその顔に、また違う笑いが込み上げてくる。この人、こんなに親ばかだったんだと改めてわかると笑いが止まらない。

「駿」

「んっ？　うわっ！」

優太に夢中になっている駿の顔に水を当てると、優太がおかしそうに声を上げて笑った。

「きゃはは！　ぱぱも！」

「真央、何するんだよ」

「プールに入る前は身体を水に慣れさせなきゃね」

「だからって、いきなりはひどいな」

ずぶ濡れになった駿を見て、優太は「ぱぱもおんなじ、びちょびちょー！」と喜んでいる。それから二人は駿が買って来た子ども用の水鉄砲や水に浮かぶおもちゃで遊んだり、水に顔をつける練習をしたりして、ビニールプールを満喫していた。

その間私は彼の言葉に甘えて、二階の駿の部屋にあるパソコンデスクで、遅れ気味だったデザインスクールの課題をこなしていく。最初は楽しかったデザインも課題が複雑になってくるたびにつまずいてしまい、なかなかうまく進まなくて焦っていたから、こうして集中できる時間をもらえるのが本当に嬉しかった。

二人のはしゃぐ声を聞きながら課題に集中していたら、気付けば一時間も過ぎていた。さすがにプール遊びもそろそろ休憩しないと、まだ三歳の優太には体力的にもきついと思い、二人を呼びに一階に下りてリビングから庭を見る。

「あれ？」

庭に二人の姿はなく、水を抜いたビニールプールとおもちゃだけが残っている。さっきまであれだけ騒がしかった庭が、今は物音一つなく静まり返っている。

なぜかそれだけで嫌な予感がして、一気に不安が押し寄せてきた。

「優太……？　駿!?」

「真央、どうした？」

二人の名前を呼んだ時、後ろから駿の声がした。彼は着替えを終えており、その手には優太用のバスタオルがあった。

だけど、優太の姿はない。

「ねえ……優太は？」

「えっ、庭のベンチで寝ているはずだけど」

「いないの！」

「えっ……」

私の必死の形相を見て、駿も表情を歪《ゆが》める。庭の方へと駆け出して誰もいないベンチを見て、口に手を当てて顔色が真っ青になった。

「目を離したの⁉」

「だって、優太が寝ちゃって。ベンチは木陰だから直射日光は当たらないし、プールの水も抜いたから。それに家の庭なら、タオルを取りに行って着替える間くらいは、大丈夫かと思って……」

「でも、いないじゃない！」

彼の腕を強く握りしめ、詰め寄ってしまう。こんなことをしても優太はいないし彼を責めても仕方ない。

でも、この行き場のない感情をぶつける対象は駿しかいなくて、思い切り叫んでしまった。

「どうして目を離したの‼　まだ三歳なのよ！　な、何かあったらどうするの！」

「そんなことを言っている場合じゃないだろう！　探しに行こう!!」

彼を責める私をそれ以上の声で制し、駿は玄関へと駆け出す。私も部屋着のままスニーカーを履き、とにかく夢中で外に飛び出した。

「優太！　どこ!?」

三歳の足ならそんなに遠くまでは行けないだろう。それに名前を呼べばきっと返事だってしてくれるはず。そうか、どこかでうずくまって泣いているかもしれない。

優太のそんな姿を想像しただけで胸が苦しくなり、張り裂けそうだ。

「優太！　お願い、返事をして！」

「優太!!」

駿は私より先に飛び出して、走りながら優太の名前を呼んでいる。優太が一人で行きそうなところなんて、近所の公園か通っている保育園くらいしかない。

だけど、今まで優太が一人でどこかに行くなんてことはなかった。必ず私を呼んでいたし、一人で行動するなんて想像すらしていなかった。

遊んでいた相手が駿だったから、勝手な行動をしたのだろうか。でも、行きたい場所があれば絶対に『ぱぱ』と呼んでいたはずだ。

それじゃあ……まさか誘拐……？　庭で一人で寝ている優太を見て、誰かが連れ出したんだろうか。

そんなこと、考えただけで身体が硬直して震えが止まらない。私は泣き叫んで優太の名前を呼び続けた。

すれ違う通行人にも尋ねたけれど、誰も優太の姿を見た人はいなかった。私や駿の様子を見て、近所の人達も尋常じゃない状況を察して家から出てきて、一緒になって探し始めてくれた。

「優太、お願い！　返事をして！」

もう三十分くらいは探し続けただろうか。警察に電話をした方がいいかもしれない。慌てて出てきたのでスマホは家に置いてきてしまった。どうしよう、一旦家に戻る？でももう少し探したら見つかるかもしれない。

「ああ、どうしてこんなことに……！」

髪を両手でかき乱してぐしゃぐしゃに泣いていると、前方から駿が「真央！」と私を呼んで駆け寄って来る姿が見えた。

そして駿に抱っこされて泣きじゃくる優太の姿も。

「優太！」

優太の姿を見て、一心不乱に走り出す。駿から奪い取るように優太を抱きしめ、私は力を思い切り込めた。

「まぁあ！」

「どうして一人で家を出たの！　心配したんだから!!」

優太も私にしがみつき、泣きじゃくっている。

「うっ、うう……」

「真央、落ち着いて。優太が怖がってる」

息切れをしている駿が私の肩に手を置き、なだめようとするけれど、それが余計に私の感情を煽《あお》り、怒りや恐怖の感情をぶつけてしまった。

「簡単に言わないで！　誘拐されていたかもしれないのよ！」

駿は私の叫び声を聞くとそれ以上は何も言わず、口を閉ざす。すると、彼の後ろから一緒に探してくれていた近所のおじさんが「ちょっといいかい」と眉をひそめ、不安げな表情で私達に声をかけてきた。

話を聞くと、このおじさんが優太を見つけてくれたと言う。そして「家の近所の広場で、この子を置き去りにする男を見たんだよ」と言うのだ。

「えっ……だ、誰が優太を!?　どんな人でしたか！」

詰め寄る私に若干引き気味になったけれど、おじさんは必死に思い出すようにうなじを手で掻きながら、その時の状況を話し出した。

「一瞬のことだからはっきりと見えたわけじゃないんだけど、男だったのは間違いないよ。たしか……スーツだったかな、身長は私と同じくらいで……あと、この子を置いて行く時、車が少しだけ見えたんだよ。真っ黒な高級車だった。下二桁の番号しか覚えていないんだけど、たしか三と五だったかな？」

おじさんはゆっくりと自分の記憶をたどりながら、間違いがないようにしっかりと話してくれる。そして全てを聞いた時、何かに気付いたように、駿は目を見開いた。

「そうですか……ありがとうございます」

「まさか、こんなのんびりとした田舎で犯罪まがいのことが起きるとは、今の世の中は本当に怖いね。警察に相談に行った方がいいよ」

「はい、本当にありがとうございました」

おじさんには改めてお礼に伺う旨を言い、一緒に探してくれていた近所の人達にも、二人で深く頭を下げる。

こんなに暑いのに、優太の身体は恐怖で震えていて、今もずっと泣いている。

「ごめん、本当に……」

駿が隣でずっと謝っていたけれど、余裕のない私は首を左右に振ることしかできない。とにかく優太を安心させてあげたい。その気持ちが強く、足は真っ直ぐ家に向かっていた。

家に戻り、お風呂で身体を洗って着替えさせ、泣き疲れた優太を寝かしつけた。

よほど怖くて疲れてしまったのだろう。優太は夕ご飯も食べずに熟睡してしまった。

しばらくは優太のそばにいたけれど、夜になり、冷静になった私は彼に向かって深く頭を下げる。

「一方的に責めてしまってごめんなさい。駿はちゃんと見てくれていたのに、あなたを悪者にしてしまった……」

「いや、少しくらい大丈夫かと思って目を離したことを後悔しているよ。自分の家だからって油断していた」

駿はそれだけ言うと黙ってしまい、口に手を当てて考え込んだ。そして目を瞑り、ため息をつくと視線を私の方に向け、眉を下げて口を開く。

「多分……優太を連れ去ったのは森山だ」

「えっ」

心臓が大きくどくんと動いた。たしかにあの人は私に敵対心を露《あら》わにしていたけれど、子どものことについては何も言ってこなかった。

私に何かしてこようとするのはわかる。だけど、小さな優太にまで手を出す人だなんて考えもしなかった。

「証拠は……あるの？」

「優太を見つけてくれたおじさんが車の色とナンバーを教えてくれただろう。それは多分、いや確実に森山の自家用車だ。何度も見ていてナンバーも覚えているから間違いない」

駿は難しい顔をして額に手を当てながら苦しそうに言葉を紡ぐ。私は足に力が入らなくなり、うなだれるようにソファに座りこんだ。

「どうして……そんなに私達のことが気に入らないの……」

忠告に来たのに、私と優太がこの家から出ていかないからこんなことをしたんだ。

まさか、優太に被害が及ぶなんて……駿のためなら、あの人はこんなことができる人なんだ。

今回は無事に帰ってこられたけど、次はどうなるかわからない。これは脅しで、この先もっとひどいことをされるのかもしれない……嫌な想像ばかりが頭の中を駆け巡り、体温が一気に冷えてくる。

「また優太に何かされたらどうしよう……もし、優太に何かあったら私……」

「真央、お願いだからネガティブな方向に考えないでほしい。少し時間をくれないか」

駿は私の手を取り、力強く握りしめる。その手は汗でじっとりと濡れていて、表情以上に焦っていることが伝わってきた。

「大丈夫。二人のことは俺が絶対に守るから」

そう言って私を引き寄せて抱きしめる。彼の胸の中にすっぽり収まると、ざわついていた心が静まり、身体に熱が戻って来た。

私って単純だ……あんなにざわついていた心と身体が、駿に抱きしめられただけでこんなにも落ち着くなんて。

「……わかった。任せる」

「よかった。こんなことがまた起こるのは嫌だから、家を出るなんて言われたらどうしようかと思ったよ」

森山さんの狙いはそれだ。だけど、駿にはそんなこと言えない。もし言ってしまったら、きっと彼と森山さんとの間に、修復できない溝を作ってしまうから。

正直言って、私は森山さんが許せない。だからと言って、駿と森山さんの仲が壊れてしまえばいい、という気持ちにまではなれない。だから私は精一杯の作り笑いをする。

「この家は……出ていかないよ。だって、もうここが私と優太の家だから」

「うん。そう言ってくれて嬉しい。少し時間がかかるから心配かもしれないけれど、必ず俺がケジメをつけるから」

ホッとしたような、けれど憂いを含んだ笑顔を見せる彼の表情は複雑だ。

森山さんのことは駿に任せよう。私は優太を守ることだけを考えるんだ。

絶対にもう怖い思いをさせない……目を瞑り、彼の胸元に手を当ててグッと力を込めた。

第十章

季節は猛暑を過ぎ、夕方になると気温がほんの少し下がって、涼しくなり始めた九月下旬。私は優太のお迎えに向かっていた。

優太が連れ去りの被害にあって以来、過剰なほどに周りを警戒している私はせっかく始めたデザインの勉強を諦めてしまった。

今まで通り事務作業だけに集中して、仕事が終わればすぐに優太を迎えに行く。私がデザインの勉強を始めたことを知っていた米澤社長にはものすごく残念がられたけれど、こんなこと優太の安全と天秤《てんびん》にかけるまでもない。

「優太！」

「ままー」

のんきな顔をして、保育士さんと手を繋いで優太が私のもとにやってくる。よかった、今日も何もなかった。

顔を見るまでホッとできなくていつも心臓はざわついているから、優太の笑顔を見ると心底安堵した。

「お母さん、明日の予定なんですけど……」

保育士さんから明日の持ち物や予定を聞いている間も、絶対に優太の手を離さない。自分でも考えすぎだと思う時もある。だけど、もうあんな思いをしたくないから、絶対に手を離さないと決めている。

家に帰っても安心することはできず、常に視界の中に優太がいないと不安で仕方がない。夕食を作っている時もできるだけ目を離さないよう、キッチンからリビングの様子を何度も確認する。

「いたっ」

今日も包丁で指を切ってしまった。優太のことばかり気にしていると、包丁やフライパンを扱う手元が、どうしてもおろそかになる。その結果、こうした小さな傷が毎日のようにできてしまう。

「まま?」

「なんでもないよ」

教育番組を観ていた優太が心配そうにこっちを見ている。私は笑顔を作り、大したことないと告げた。

こんな状態だけど夕食は無事に作り終え、それをテーブルに並べていると玄関の鍵が開く音が聞こえた。

「ぱぱ！」

「優太、一人で行っちゃダメって何度も言ってるでしょ！」

この家の鍵を持ち、夕食の時間に帰ってくるのは駿に間違いないけれど、もしこの前優太を連れ去った人だったら……という嫌な想像ばかりして、引きつった顔で優太を怒ってしまう。

眉を下げ、悲しそうな顔をした優太はしょんぼりとしてその場に立ち尽くしてしまった。

「ただいま……どうした？」

駿は帰って来て私達の雰囲気が変なことにすぐに気付いた。優太は駿の顔を見ると明るい表情になる。

「おかえりなさい！」

「ただいま、優太。真央も」

「うん、おかえりなさい。すぐにご飯食べられるよ」

「ああ、ありがとう。指、また怪我したの？」

駿は優太を抱っこしながら私の指先を見て、心配そうな顔をする。怪我をした理由を知っているから声のトーンも落ちていた。

「もう血は止まっているから大丈夫だよ。それよりも、また会社に行かなきゃいけないんだから、早く食べよ」

「おなかすいた！」

私は絆創膏《ばんそうこう》を貼っている指を咄嗟に後ろに隠し、嫌な雰囲気を払拭《ふっしょく》するため笑顔で口を開く。優太も私の明るい声に安心したのか、満面の笑みを浮かべている。

それでも、駿は複雑な表情のままだ。ここのところ、毎日こんな感じで夕食の時間が始まる。

でも、ご飯の時間くらいは暗い雰囲気にしたくない。そう決めているから、できるだけ声のトーンを上げ、今日の楽しかった出来事など明るい話題を出して夕食の時間を過ごした。

駿はあの連れ去り事件の日以来、夕食の時間には必ず戻ってくるようになった。身体を壊してはいけないから、帰ってこなくていいと何度もお願いしたけれど、頑として譲らなかった。

『森山と話をする時間がどうしても取れなくて……こんなに長い時間、放置してしまっているのは俺のせいだから。真央には毎日不安な思いをさせて、本当に申し訳ないと思っている。決着がつくまで、どうかこうさせてほしい』

そう言った駿の気持ちを優先したのだ。

夕食を食べ終え、リビングに移動させてきた、たぬたぬのおもちゃで優太は遊び始めた。たぬたぬやその仲間達が描かれているひらがなのパズルは集中できるらしく、珍しく無言で遊んでいる。

優太が目に届くところにいるとすごく安心する。私は軽く息を吐き、ようやくホッと一息つけた。

「家の中がこんな空気になっているのも、全部俺のせいだよな」

そんな私を見て、俯いてテーブルを見つめながら駿がポツリと呟く。

「駿だけのせいじゃないよ。それは違う」

「でも、俺がもっと真央達のことを森山に説明していれば、優太が連れ去られるようなことは起こらなかったし、祝福してもらえたはずだ」

「それは……」

今も彼は変わらずに森山さんと一緒に働いている。いったいどんな気持ちで顔を合わせているのだろう。精神的に参っていないかとても心配だ。

それに森山さんが私と優太を脅かす次の準備をしているかもしれないと考えると、また背筋がゾッとしてくる。

そんな不安が顔に出ていたのか、駿が太ももの上に置いてある私の手を上からそっと握りしめた。

「今週、今抱えている大きな仕事が一段落するんだ。そうしたら森山としっかり話をつけるよ。これ以上、真央達を怖がらせるようなことはしないでほしいって。俺の大事な家族だから、森山にもそれをわかってほしいって。すぐに理解してもらうのは、難しいかもしれないけど」

私から視線を逸らさず、私の中の不安を拭うように真っ直ぐに強く伝えてくれる。

そう言ってもらえるだけで、少し安心できた。

でも、全てを駿に任せていいのだろうか。たしかに今回、森山さんがやったことは度が過ぎていると思う。だけど、私にも悪いところがないとは言いきれない。だって駿との将来を真剣に考えていることを、きちんと伝えられていないんだから。

そんな私の態度が彼を苛立たせ、強硬手段に出る引き金となってしまったのかもしれない。

森山さんが私を『駿さまのためにならない』と言って引き離そうとするのは当たり前だ。私はもう、森山さんから逃げちゃいけない。しっかり目を見て、ぶつかっていかなくちゃ。

「その話し合い……私も同席させてほしい」

「えっ」

「今回のことも昔のことも、森山さんがしたことは許せないよ。でも、私だって今まで自分の気持ちをきちんと言えてなかったこと、悪いと思っているの。だから、私がどれだけ本気で駿と……家族になりたいか、森山さんに伝えたい。そして認めてもらいたい」

必死だった。優太の身を守ること。駿の心を守ること。私にはそれがとても大切だから、森山さんときちんと向き合うことは絶対に必要だ。正直言って、森山さんはトラウマになるくらい苦手な人だけど、そんなことを言っていられない。

家族を守るために頑張らなきゃ。

唇をギュッと結び、瞬き一つせず彼を見つめる。駿はこんな私を見て不安げに眉を下げていたけれど、決意は変わらないと気付いたのか表情は緩くなっていた。

「わかった。じゃあ、時間を作って森山をこの家に呼ぶことになるけどいい？」

「うん。お願い」

「ハハッ。すごいな、強くなったね。真央」

「そ、そうかな？」

力強く頷くと駿は諦めたように笑い、うなじを掻いていた。私は一気に素の自分に戻り、照れくささから下を向いてしまう。

「うん、母親になると女性は強くなるって聞いたけど、本当だな。俺もしっかりしなくちゃ。ずっと情けないところしか見せてないから」

「そんなことないよ。駿は今のままで充分だよ。ちゃんと父親の役目を果たしてくれてる」

「夫としては？　奥さんをちゃんと愛せているかな？　不安にさせてない？」

「えっ……」

「そっちの方も心配だ。また、真央に逃げられたら俺、もう立ち直れないかも」

ストレートに想いをぶつけられ、一気に顔に熱が集まる。そして優太に聞かれていないか慌ててリビングの方を向くけれど、優太はまだひらがなのパズルに夢中なようで、私達の会話は届いていないみたいだ。

ホッとした私を見て、駿は優しく微笑んだ。

「愛する奥さんを早く安心させるためにも、まずは目の前の仕事を片付けなくちゃ。さっ、また会社に戻るよ」

クスクスと笑いながら、彼は立ち上がり社長の顔付きになる。離れた手が寂しいと思うのをグッと我慢して、優太と玄関まで彼を見送った。


駿が言った通り、仕事は一旦落ち着いたらしく、週明けから彼の帰りは早くなった。夕食の後仕事に行く回数も減ったし、土曜日に出勤することもなくなった。

季節は秋になり、暦も十月になった。彼と暮らし始めてから二つ目の季節を迎える。

「今週の土曜日、森山と話をしようと思う。いいかな？」

夕食を終えた火曜日、洗い物をしていた私の隣で洗ったお皿を拭いてくれていた駿が、そっと呟いた。

「うん、わかった」

「実はその時、俺の母親も同席したいって言っているんだ」

「えっ！」

「父親は自宅で寝たきりだから来られないけれど、俺としては一番会わせたかった母親に、真央と優太を紹介できるいい機会だと思っている。どうだろう？」

彼の家族と会う。それは、私達家族がこの先へ進むためには、どうしても必要なことだ。

私はすぐに首を縦に振り、微笑む。

「駿のお母さんに気に入ってもらえるように頑張るね」

「そのままの真央で大丈夫だよ。俺の母親は飾らない人だから、そんなに構えなくていいよ」

そうは言われても、夫となる人の親に初めて会うのだから、緊張するなというのは無理な話だ。

しかもこっちはすでに彼の子どもを産んでいて、シングルマザーとして三年間も過ごしているのだ。それに森山さんとトラブルにもなっているし……到底、印象がいいとは思えない。

いろいろと大変な日になりそうだな……そう思い、重いため息をつきそうになったのを何とか我慢した。

そして、森山さんと駿のお母さんが来宅する土曜日はすぐにやって来た。冷静さを装おうとしたものの、その緊張は最高潮に達している。自分の親との顔合わせなど、比ではない。

「まま、どうしたの？」

ほとんど一睡もできなかった私は、朝から何度もあくびをして朝食の準備をしている。

今朝はホットケーキを焼こうと思い、ミックス粉と卵と牛乳を混ぜているけれど、眠気眼だ。

「ちょっと眠いだけよ。優太、今日は大切なお客様が来るから、いい子にしていてね」

「てれび、いっぱいみてもいい？」

「いいよ、今日は特別」

「やった！」

今日は優太のことを実家の両親に預けようかものすごく悩んだ。きっと、優太は森山さんの顔を見れば恐怖で泣き出してしまうだろうから。

だけど、森山さんは駿を幼い頃からお世話してきた人だ。駿にとっては家族同然。正直なところ私や優太は、すぐに仲良くなるのは難しいかもしれない。けれど少しずつ顔を合わせて溝をなくし、いつかは家族同様の関係になれたらいいなと思っている。

優太を連れ去られた時はこんなふうに考えず、絶対に許せない気持ちの方が大きかったけれど、もし優太が駿と同じような境遇にいたら……。私だって我が子を思うあまり、森山さんのように考え、行動していたかもしれない。

彼なりの親心なのだろうと思うと、不思議と憎みきれなくなった。

優太は思う存分テレビを観られるとわかると、かなりご機嫌になっていた。そんな優太を見て、駿は笑みを浮かべながらキッチンへとやってくる。

「母さん、今日の午後の一時に森山とこっちに来るって」

「そう。じゃあそれまでに徹底的に掃除を終わらせなくちゃ」

「そんなに気合いを入れなくても」

「初めてご対面するんだもの。抜けている嫁だって思われたくないし」

「嫁かー、いい響きだね」

気合いと緊張がある私とは反対に、駿は気楽に「嫁」という言葉を聞いて顔が緩んでいる。私の両親に会った時とは大違い。私なんて昨日からずっと緊張しているのに。でも、いざとなったら頼りになる彼がいる。そう思うと、ほんの少し気持ちは楽になっていった。

朝食のホットケーキを食べ、その後は家中の掃除と片付けを行った。駿も優太の相手をしながら手伝えるところは手伝ってくれ、予想していた時間よりもずっと早く掃除も身支度も終えることができた。

そして気持ちだけが整わないまま、約束の一時がやってきた。

インターホンが鳴り、緊張が走る。優太は来客だとわかると、駆け足で玄関に向かっていった。

「優太、待って！」

私が制するのを聞かず、満面の笑みで来客を出迎えようとする。だけど、先に駿が対応していた玄関に着いた途端、身体が石みたいに動かなくなった。

「ふっ……ふえええぇ！」

そして大粒の涙を流し、駿の足に思い切りしがみつき顔を隠す。玄関にいる麗しい女性の斜め後ろにいた森山さんを見た途端、号泣し始めた優太を見て、私も駿も瞬時に悟った。

やっぱり、優太をこの家から連れ去ったのは森山さんなのだと。

「優太、大丈夫。パパもママもいるから怖くないよ」

駿はそう言い、優太を抱き上げた。駿が抱き上げていなければ、私が手を伸ばして抱きしめていたところだ。目の前にいる上品な女性は目を見開き、駿と優太を交互に見ている。森山さんは苦虫を噛みつぶしたような顔、という例えが合っているだろう。

そして、女性の方は私を見て、口を開く。

「駿の母親の貴子《たかこ》です。あなたが真央さん？」

「は、はい」

私の名前を確認すると、駿のお母さんは自分の膝小僧に顔がつくほど深く頭を下げる。皺一つないエンジ色のワンピースに皺が付きそうなくらいだ。

「あなたには何よりも早くお会いして、お詫びをしなければいけなかったのに……本当にごめんなさい。いくら謝っても、許してもらえるとは思っていません……」

「そんな……えっ……」

てっきり駿の母親にも、森山さんと同じように罵倒されるか別れるよう説得されると思っていたのに、謝罪をされるとは思わず、拍子抜けした。

「とりあえず……二人とも家に入って、話をしよう。そのために呼んだんだ」

優太の背中を擦ってあやしながら、駿は玄関に立ったままの二人に言う。

二人をリビングに通し、四人にはそれぞれのソファに対面して、座って待ってもらう。私がお茶の用意をしている間、優太はもう泣いてはいないけれど駿から離れず、しがみついていた。

五人分のお茶を用意してテーブルに置き、私は絨毯の上に座ろうとしたけれど、駿が自分の座っているソファを手でポンポンと叩いて座るように促してくれたから、優太を挟むようにして静かに座った。

そして駿が目の前の二人に向かって口を開く。

「今日、二人に来てもらったのは俺の隣にいる二人を紹介したいことと――」

「その前に私から一つ、いいでしょうか」

駿の言葉を遮り、お茶を一口も飲まないまま森山さんが私の方に視線を移す。私はその視線を浴びるだけで背中がピンッと伸びた。

「……わかった。森山の話を先に聞こう」

どこまでも冷静な駿が会話を繋げてくれる。彼に頼もしさを感じつつ、私は緊張から息を呑んだ。すでに手にはじっとりと汗をかいている……だけど、視線は逸らさず私も森山さんを真っ直ぐに見つめ返した。

「あれだけ忠告したのに、あなたは……。なぜ、私が言う通りにしていただけないのですか」

開口一番は核心をつく質問だった。森山さんは回りくどい言い方はせず、ストレートに聞いてきた。

「隠し子の存在はもちろんのことですが。何より、あなたは大企業のご令嬢ではない。あなたとの婚姻は社長や会社にとって、何の利益にもならない。むしろ、マイナス要因でしかないのです」

森山さんの感情のない声が怖い。いったい何度言ったらわかるのか、一刻も早く別れてほしいという思いが痛いほど伝わってくる。

「四年前にあなたとお話をした時、あなたはしっかりと自分の意見を述べなかった。そして先日も、私に何も言い返すことができなかった」

喉が詰まるくらい、苦しい感情が込み上がってくる。私はあの時、ただ言われるだけで何も言い返すことができなかった。

こんな頼りない人間が駿のそばにいても、彼の足手まといになり、駿が苦労するだけ。森山さんにそう思われても仕方ないくらい、私は頼りなくて必要価値のない人間なのだ。

「社長を支えるべき存在が、そんなに弱い人間では困るのです。そんなことでは、大企業の社長夫人は務まらない。あなたは不利益な存在でしかないのですよ」

嫌悪感を丸出しにして、彼は私に言葉をぶつける。そんな森山さんの態度と言葉に駿は我慢できなかったのか、身を乗り出して何か言おうとした。

だけど、私が彼の腕を掴み、動きを止める。

四年前もこの前も、脅しとも取れる方法で森山さんは私に話をしてきた。あの時は駿の気持ちがわからず、私も自分に自信を持てなかった。

だけど今は違う。守りたいものがたくさんあるから、自信はなくても彼の言うことに従っちゃダメだ。

だから、もう逃げずに答えなきゃいけない。

「私は……駿を愛しています。勝手に優太を産んだこと、私が至らないせいで、この生活で駿に大変な思いをさせていること、それは本当に申し訳ないと思ってます」

たしかに、森山さんの言う通りだ。私や優太の存在は今の駿の立場を考えると、彼の価値を下げる以外の何物でもない。

だけど、駿は私と優太を必要としてくれている。私と優太にも駿が必要だ。

だから、森山さんの言いなりになるわけにはいかない。

「私は彼が大事だし、彼もそう思ってくれていると信じています。今ならはっきりとそう言えます。昔の私は森山さんの言う通り自信がなく、頼りない人間だった。自分の存在が駿のためにならないのなら、離れた方がいいと思っていた。でも……」

思い出すのは駿と再会して、彼と一緒の時間を過ごした温かくて幸せに満ちた日々だ。彼はいつも私と優太を優先してくれた。自分の子どもではないと私から言われていても、一緒にいて家族になろうとしてくれた。優太が自分の子どもとわかってからは、さらに愛情を注いで、見返りなんか求めなくて、真っ直ぐに私達を愛してくれた。

そんな人だから、駿のことを守りたい。支えたい。これからもずっと一緒にいたい。

「今は私や優太が駿から離れることが、彼のためになるとは思えない。彼が辛くしんどい時は、どうすればいいか一緒に考えて、解決していきたい。だって、私達は家族だから……」

森山さんから目を逸らさず、真っ直ぐ見つめたまま強く言い切った私を見て、森山さんは目を見開いて驚いている。

きっと彼は、今でも私を何も言えない人間だと思っていたのだろう。

彼の母親も、こんな私の姿を凝視している。

「……なるほど。初めて真っ向から意見を述べてくれましたね。わかりました。あなたが弱くて何も言えない人間だと言ったことは訂正しましょう。しかし、やはり大企業のトップである社長の隣に立つのは、それなりにステイタスの高い家柄の出身であるお嬢様でなければ――」

「森山、まだそんなことを言うのか……」

森山さんの言葉を遮ったのは、駿だ。眉間に皺を寄せ、苦い顔をしている。

「私は現実的な話をしているだけです。何のコネクションもない一般人のこの方が社長夫人になってしまえば、企業間の取引が円滑に進まず、対外的にも引けを取り、社長が肩身の狭い思いをされる。実際、今だっていい縁談が絶えず持ち掛けられているというのに、この方がそばにいるせいで全て断ってしまっている。あなたのせいで社長は大きなチャンスを何度も逃している」

縁談と聞き、ずきんと胸が痛む。やはりそういう話は本当にあったのだとわかると、嫉妬と不安が絡み合った嫌な感情に襲われる。

その時、駿が私の背中をそっと擦り、安心させるように笑顔をくれたから、気持ちを整えることができた。だけど、森山さんは容赦なく話を続ける。

「あなたの存在は、社長にとって不利益でしかないのですよ」

一心不乱に話すその姿はとても真剣で、駿のことだけを考えているということが痛いほど伝わってくる。

森山さんが言う『利益』『不利益』というビジネス的な法則に当てはめるなら、私は誰がどう見ても不利益な存在だろう。一般庶民の私には、対抗するすべなんてない。

「私は……」

「森山、言葉を慎みなさい」

私が声を発すると、今まで黙っていた駿のお母さんが口を開いた。大きくはないけれど威厳のある、そしてとても憂いのある声で、言葉を繋ぐ。

「たしかに、駿には大企業や立派なお家柄のお嬢さん方の縁談が多く届いています。けれど、結婚とは家族とは……家柄で決める、それだけのものではないでしょう」

首を左右に振りながら発するその声はとても静かで……だけど意志の強さがはっきりと伝わってくる。そこには、悲しみと怒りの感情が混ざっているように感じた。

「私が夫と仲睦まじく、そして家庭円満でいられるのは、私が社長令嬢だったからだと言うのですか？　もし森山がそう思っているのなら……一番近くで私達家族を見ていたあなたがそう感じているのなら、今まで私達の何を見ていたの？　私はとても悲しく思います」

物悲しい表情で語る駿のお母さんの言葉を聞き、森山さんの威圧感のある顔が一気にハッとして焦る顔に変わった。

そして、お母さんの方に身体を向け、力強くこぶしを作る。

「そんな、奥様……！　私はそのように思ったこと、一度もございません！　奥様のお心根の優しさ、愛情深さ、そして一本筋の通った芯の強さ。それは奥様ご自身が持ち合わせていらっしゃるものです」

焦っているのか、早口で彼のお母さんに訴える森山さんはまるで別人だ。取り乱し、整った表情も崩れていく。

そんな森山さんを見て、駿が軽く息を吸った。そして口を開く。

「森山はさ……忙しい両親の代わりに、俺と弟が小さい頃から何かと面倒を見てくれたよね。特に長男の俺のことを、すごく気にかけてくれた」

駿は昔を思い出しているのか、斜め下を向きながらゆっくりと語り出す。森山さんの方を見ると、唇をギュッと噛みしめていた。

「言葉遣いや作法には特に厳しくてさ。俺がどこに出ても恥をかかないように、箸の持ち方や文字の書き方、あっ、逆上がりや泳ぎも教えてくれたな。本当、お前から学んだことはたくさんあって、今でもそれは活かされている。感謝しているよ」

駿が恥ずかしそうにお礼を言うと、森山さんも駿との昔を思い出しているのか、目が潤んでいる気がする。

彼らにしかわからない世界の、大切な思い出なんだ。聞いている私も胸の中が熱くなった。

「俺、昔はあまり身体が強くなかったからさ。森山は病気や怪我をした時は誰よりも早く俺の変化に気付いて、すぐに病院まで連れていってくれた。幼い俺を怖がらせないように、必死になだめて励ましてくれて……今、俺の体調を気遣ってくれるのも、そういう昔があるからなんだ」

駿はそう言い、私の方を向く。森山さんが駿の体調を気にかけるのは、社長としてだけではなく、こんな経験をしているからなんだ。

私も優太が熱を出せば誰よりも心配し、無理をしてほしくないと思う。だから、森山さんの気持ちが痛いほどわかった。

「いくら仕事の一環とはいえ、会社で仕事をしながら俺達家族の世話をするのはとても大変だったはず。それは今の俺以上の気苦労だったと思うよ。いつも厳しくて怖い森山だけど、俺達家族や会社を一番に考えてくれていることを、俺は知っている。いや、俺だけじゃない。みんな知っているし、本当に心から感謝しているんだ」

「駿さま……」

駿の話を聞き、瞳が潤んでいた森山さんの声は震えていた。彼の隣に座っている駿のお母さんの瞳からは涙が流れていて、皺のないハンカチで目尻を拭っている。

私は無意識に優太を抱きしめていた。優太は幼いながらも空気を読んでいて、いつもなら大人の話に入りたがるけれど、今日だけはずっと口を閉ざして黙っている。

駿はそんな優太の頭を撫でながら、森山さんを真っ直ぐに見つめた。

「森山。優太は……優太は俺の小さい頃にそっくりだろ」

その言葉を聞いた途端、森山さんの顔は崩れ、ずっと潤んでいた瞳からは涙が流れてきた。

「はい……そっくりです……だから、だから……あの日からずっと……ずっと自分が犯してしまったことを……悔いております……」

嗚咽し、涙を流しながら、森山さんは語り始めた。

「私は……私は子どもを、駿さまのご子息を……連れ去りました……」

この場にいた、全員が息を呑んだ。森山さんが自分のやってしまったことを、震える声で語り始めた。

「あの日……私は駿さまの体調が心配で、この家まで様子を見に来ました。お元気そうならそのまま帰ろうと思っていたのです。でも庭を覗いたら偶然、子どもが一人、ベンチで眠っておりました。その時、この子さえいなくなれば……と思ってしまった」

隣に座っている駿のお母さんが、眉間に皺を寄せ、目を瞑り俯く。私は喉が絞めつけられるような苦しさを感じながら、森山さんが語る続きを聞いた。

「衝動的に抱き上げ、車の後部座席に乗せた私は、気付いたら車を発進させていました。そして、どこでもいいから遠くまで走ろうとアクセルを踏んだのです。連れ去った後、どうしようとか、そんなことは全く考えていませんでした。もう無我夢中でした……」

ひどい……どうしてそんなことを……頭の中で彼を責める言葉がいくつも思い浮かぶ。だけど、それは駿が私の手を繋いで止めてくれたから、口には出さなかった。だから、まだ冷静に森山さんの話を聞けた。

森山さんは両手で顔を覆い、輪郭には涙が落ちている。

「車が走り出してすぐ、バックミラーに映る、後部座席で無防備に眠っているご子息の顔が目に入りました。その寝顔は、幼い頃の駿さまにあまりに似ていて……そう感じた瞬間、ご子息が目を開け、周りを見回した後、私を見て激しく泣き叫んだのです」

優太が感じた恐怖を想像すると、胸が張り裂けそうだ。無意識に優太を強く抱きしめてしまい、優太も私の服をギュッと掴んでいる。

「我に返った私は、ああ、なんということをしてしまったのだ……！と後悔しました。

でも、もう遅い。そのまま広場の前に車を停めてご子息を降ろし、急いでその場を去りました」

「それが……あの時、起こったことか」

駿が重く低い声で呟いた。私の手を握っている彼の手は、微かに震えている。駿はいろんな感情を我慢しているのだ。

だから、私はその感情を少しでも和らげてあげたくて、その手を優しく握り返す。ほんの少しでも気休めになれば……という思いで。

優太はその時のことを思い出したのか「ふえっ……」と泣き出しそうになっている。優太の不安を少しでも取り除きたくて、私は森山さんの顔が見えない位置で優太を抱きしめ直した。

森山さんは両手で顔を覆ったまま、自分の膝に頭がつくくらい俯いてしまった。

「車を走らせながら心に湧き上がってきたのは、自分は何てことをしてしまったのだという後悔の念です。その日以来、ずっと罪の意識に苛まれています。しかしだからといって、駿さまの生活をこのまま放置しておくわけにはいかない。自分が何もしなかったら、駿さまの利に繋がらない。自分が、自分がこの状況をどうにかしなければ……毎日、必死にそればかり考えていました」

森山さんも追い詰められていたんだ。駿のことをどうにかしたい。駿にはもっといい未来があるのだから、それを叶えてあげたい。だけど、自分のしてしまったことを後悔した。だから、森山さんも混乱と迷いの中で生活していた。

そんな彼の心情を考えると同情はする。私も森山さんの立場だったらどうしただろうと考えてしまうから。

「そんな時、私の異変に気付いた奥様に問いただされたのです」

駿のお母さんを見ると、とても苦い顔をしていて、ハンカチで口を押さえている。顔色も少し悪い。

「母さん、気付いてくれていたのか……」

「ええ、森山とは長い付き合いですから。それくらい気付きます。ただ、こんなことになっているとは思わなかったけれど」

大きなため息をつく駿のお母さん。森山さんは自分のハンカチを取り出して涙を拭うと、気持ちを整えるためか、息を吐いた。

「奥様にはそこで、四年前のことや、ご子息を連れ去ろうとしたこと、全てを話しました。ちょうどそのタイミングで駿さまから、話があるから自宅に来るようにと誘いがあり、奥様にも同席していただいたのです」

そこまで言うと、森山さんは姿勢を正し、私の方を向く。

「本当に申し訳ございませんでした」

そう言って森山さんは深々と頭を下げた。そして、駿のお母さんも頭を下げる。

「私からも……本当に辛い思いをさせてしまったことを謝罪させてください」

お母さんにまで頭を下げられ、焦る私は駿を見る。駿は真っ直ぐに二人の謝罪を受け止めていた。

だから、私も目を逸らすことなく、頭を下げている二人の姿を目に焼き付ける。

「もう……充分です。頭を上げてください」

私がそう言うと、二人はゆっくりと頭を上げる。そして駿のお母さんが森山さんを厳しく見つめた。

「生まれてきた子どもに罪はありません。もし、私が我が子を連れ去られたらと思うと……きっとそれは身が裂ける思いでしょう。森山、あなたは、駿や真央さんにそのようなことをしたのです。猛省しなさい」

駿が幼い頃、もし見知らぬ誰かに連れ去られていたら……きっと今、森山さんはそれを想像したのだろう。

駿のお母さんからの厳しくて悲しくて、でも愛に溢れるその言葉を、森山さんは噛みしめるように受け取ったと思う。

「……はい」

森山さんは短く、返事をした。

自分のしたことがどれだけ私達を傷つけたのか。駿を大事にしてきたこの人なら、わかってくれるはず。

だから、私ももうこの人を責める言葉は言わないでおこうと思った。

「私も……優太を連れ去ったことはやはり許せないです。でも、あなたの言葉から逃げ、現状の生活を優先したことは反省しています。ごめんなさい」

頭を下げる私の背中を駿は擦り、焦った様子で「真央が謝ることはない。頭を上げて」と言ってくれる。

「駿さまのおっしゃる通りです。あなたが私に頭を下げる必要はございません。どうか、頭をお上げください」

森山さんが私を気遣う声が聞こえてくる。

ホッとした。これでもう、森山さんが私達に危害を加えることはないだろう。安心して保育園の送り迎えができるし、何より家の中でも怯えながら過ごさずに済む。

優太がじっと私を見ている。その視線に気がつき、ニコッと笑いかけると優太の強張っていた表情も少し和らいだようだ。

そして小さな手で、父親である駿の腕を強く掴む。

それはまだうまく喋れない優太の、精一杯の慰めのようにも見えた。

そんな慰めが届いたのか、駿の表情には笑みが戻り、優太の頭を優しく撫でた。その様子を見て、私は優太の頭を撫でていた彼の手を握る。彼は一瞬驚いたような顔を見せたけれど、すぐに嬉しそうな表情に変わり、私達は二人で優太の頭を優しく撫でた。

「俺は真央や優太がいたからこそ、頑張れた時もあった。力をもらっていた。家族がいたからこそ、辛い時も踏ん張れたんだ」

この言葉は、ただこの場を収めようとして出たものではない。心からそう思ってくれていることが伝わってくる。だって彼はとても優しい目で、私達を見ているから。

駿の眼差しはいつも、私達を安堵させてくれる。

「今、俺は家族がいるから強くなれる。もし、これから周りに何か言われることになっても、会社も家族も守ってみせる。家族を守れなければ、会社の社員達も守れないだろう？」

彼が森山さんに語りかける言葉を、私も彼のお母さんも、そして意味がまだ理解できないであろう優太も静かに聞いている。大事なことを喋っているのだと、察しているのかもしれない。

「素人同然だった俺や弟を、一人前の社会人として育ててくれた森山や社員達には、本当に感謝しているんだ。でも、もう、何も知らない昔の俺じゃない。どうかこれからの俺を、見守っていてくれないか？」

「もちろんです……これからもずっと、おそばで助力させていただきます。このたびは、本当に……本当に申し訳ございませんでした」

森山さんは再度頭を下げ、謝罪の言葉を口にする。私はもうこれ以上の謝罪は必要ないと顔を左右に振った。

「もう……いいです。森山さんがどれだけ駿のことを思っているのか、よくわかりました。そして充分に反省していただいているということも」

私が森山さんにそう言葉をかけると、お母さんが私に向かって丁寧に頭を下げてくれた。

「ありがとう……私達のことで、真央さんにはたくさんの苦労をかけたわね。ところで、駿はちゃんと父親をやれているのかしら？」

心配そうに駿を見るその目は、子を思う母親そのものだ。そして複雑そうな顔をする駿も、まるで少年のようで自然に笑ってしまう。

「はい、それはもちろん！」

だから、それを吹き飛ばすくらいの元気な声で答えた。

「そう……それならよかった。フフッ、私ったらいつの間にかおばあちゃんになっていたのね」

そう言って優太を見るその眼差しは、今にも手を伸ばして触れたいと願ってくれているよう。

この件に関しては、私も謝らなければいけない。彼から勝手に離れ、出産、育児という大事な事柄を独断でやってしまったのだから。

「その件については、私の自己判断で隠れて産むようなことをしてしまい、申し訳ございませんでした。本当に……すみません」

「あなただけの責任じゃないわ。だって、元はと言えば、森山が余計なことをしたからややこしいことになったのでしょう。本当、昔から駿のことになると周りが見えなくなるのだから。駿もよ、子どもは一人でできるものではないのだから、最後までしっかりと責任を取りなさい」

森山さんはまた「大変申し訳ございませんでした」と深々と頭を下げ、私達の前で叱られた駿は眉を下げて申し訳なさそうな顔をしている。

「そのことに関しては……これから一生をかけて償っていくさ。一番心細い時に一緒にいられなかったんだから」

駿はお母さんの厳しい言葉から逃げず、真正面から向き合い、共に生きていくと言い切ってくれた。私は高揚感から涙腺が刺激され、目に涙が溜まる。

彼がこんなに頼りがいのある立派な人になったのは、駿一人の努力じゃない。周りに、彼を支えてくれるたくさんの人がいたから。そして一番近くに、森山さんがいてくれたからだ。

「森山さんがずっとそばにいてくれたおかげで、彼は慣れないお仕事もずっと頑張ってこられたんですよね。森山さんがいなかったら、今の駿はいないと思います。ねっ」

「ああ、その通りだ」

微笑み合い、森山さんの方を見たら彼は俯いて、何も言わなかった。その姿はまるで、駿の言葉を噛みしめているようだった。私達の言葉はきっと、森山さんの心に届いているはず。そして、これからは温かく見守ってほしい。

「あなたのようなしっかりとした素敵な人が駿の恋人であり、妻となる人なら、もっと早くに会いたかったわね」

彼のお母さんが目を細め、優しげに笑みを浮かべる。過分な評価をしてもらっているんじゃないかと焦り、私は両手を思い切り左右に振った。

「いえ、私、昔はもっと弱くてダメな人間だったんです。周りの人に助けられてばかりだったし、駿にもたくさん守られていて……一人前の人間として自立できたのは、優太が……子どもが生まれてからです。子どものおかげで私は成長できているのだと思います。だから、優太を産んだのを後悔したことは一度もありません」

一気に思いを伝えたからか、随分と早口になってしまった。だけど、私の思いは伝わったみたいで、駿のお母さんは口角を上げて微笑む。

「子どものことを、そう言える人でよかったわ」

「優太は私の宝物ですから」

「もちろん俺にとってもね」

優太を間に挟み、記念写真を撮るように顔を寄せ合う。私達に突然頬を擦られ、ずっと笑わなかった優太が「きゃはっ！」と声を上げて笑った。

「これから、家族としてよろしくお願いします。最近は夫の調子がとてもいいの。だからいつでも遊びに来てちょうだい。夫も初孫にすごく会いたがっているわ」

「はい！」

近いうち、駿のお父さんにも会いに行こう。優太に会いたがってくれているなんて、嬉しい誤算だ。私が元気いっぱいに返事をすると、ずっと俯いていた森山さんが顔を上げた。

「米澤を人質扱いしてしまったこと、本当に申し訳ございませんでした。卑劣な行為だったと、深く反省しております」

そう言って深々と頭を下げた森山さんは、続けてこう言った。

「駿さまを……社長のことを、くれぐれもよろしくお願いします」

「もちろんです。森山さんもお仕事、頑張ってください」

私の毅然《きぜん》とした態度に、森山さんは重ねてこう言った。

「今日までの非道、非礼……重ね重ね、本当に申し訳ございませんでした。今後は駿さまと……真央さま、優太さまご家族のためにも精一杯、力を尽くして参る所存です」

ずっと謝り続け、また頭を下げる。痛々しいと感じたけれど、ここですぐに『いいですよ』なんて言葉をかけてしまうのは良くないよね。それはきっと、森山さんの深い反省と謝罪をしたいという気持ちに応えることにはならないだろう。

気が済むまで謝ってもらった方がいいだろうか……そんなことを考えていると、優太が私の腕を引っ張った。

「おわり?」

優太の幼い声がリビングに響く。もう優太は森山さんを見ても泣かない。優太が怖がっていないのなら……今日のところは、これでいいんじゃないだろうか。

私が駿を見て頷くと、彼も同じく頷いた。

「森山、もう今日は帰っていい。また明日から、よろしく頼むよ」

「はい……かしこまりました」

重い話し合いは、これで終了。申し訳ないけど、森山さんには早々に退散してもらった。私達三人と彼のお母さんがリビングに残る。

「初めまして。おばあちゃんよ」

お母さんは柔らかい笑顔で、優太に話しかけた。

「ばあば?」

優太にとって、ばあばは今まで一人だけだった。なぜもう一人ばあばと名乗る人がいるのか不思議で仕方ないのだろう。

首を傾げて不思議そうにする姿は可愛らしくてたまらない。

「パパの方の、ばあばだよ。実は優太には二人のおばあちゃんとおじいちゃんがいるんだよ。びっくりした？」

「ええっ！」

駿の膝の上に乗せられ、説明を受けた優太はリビング中に響く声で驚いていた。子どもの無邪気な反応に場は一気に和み出す。

そこから優太と駿のお母さんは仲良くなり、夕飯まで一緒に食べることになった。

お母さんは見た目の上品さもあり近寄り難い雰囲気があったけれど、話せば話すほど打ち解けていける不思議な魅力の持ち主だ。それに、どことなく駿に雰囲気が似ているからかもしれない。ずっと前から知っているような、一緒にいて心から安心できる空気感がある。私の話をたくさん聞いてくれたし、駿の昔話もたくさんしてくれて、場は最後まで盛り上がりっぱなしだった。

迎えの車を呼び、また次に会う約束を済ませてお母さんが帰っていく車を見送る。

駿が優太を抱っこして車を見ながら呟いた。

「……優太にはいつか、森山を受け入れてほしいな。母さんにそうしてくれたように」

「優太ならきっと大丈夫だよ」

彼の腕の中で眠気に勝てなくて船をこいでいる優太を見つめながらそう言うと、共感の笑いが聞こえてくる。

「あっ、でもその前にお互いの家族とも距離を縮めないとな。これから大変だ」

「そうだね。でも、幸せな忙しさだよ」

駿は私が言ったことにハッとした顔をする。そしてフッと優しく笑った。

「その通りだ。さすが俺の奥さん。素晴らしいポジティブ思考だね」

「いつまでもうじうじしてる私じゃないからね。駿もパパとして夫として頑張ってね」

「もちろん、惚れ直してもらうように頑張るよ」

「もう……すでに惚れ直してるけど」

「えっ？」

「な、なんでもない！」

できるだけ好意は素直に伝えたいけど、これにはまだ羞恥心がつきもののようだ。

でも、言葉では言えなくても、行動として表すことはできる。

私は優太を抱っこしている腕に抱きつき、無事全てを終えた安堵とともに大きく一息ついて、彼に思い切り甘えた。

エピローグ

お義母さんと森山さんが来宅したあの日から一ヶ月が過ぎた。その間、私達は優太をお義父さんに会わせに行ったり、両家の顔合わせをしたりと、忙しい日々を過ごしていた。

米澤社長に事情を話した際は、社長から盛大なお祝いを頂いてしまった。こんなふうに忙しい毎日だけど、一社員の私のお祝い事を自分の家族のことのように喜んでくれる米澤社長と、温かい社員のみんながいるこの会社の力にもっとなりたくて、デザインの勉強も再開させた。今はまだ少しずつしか勉強はできていないけれど、いつか米澤の代表作となるようなデザインの文房具を生み出すのが、今の私の目標だ。

そんな中、私と駿はとうとう婚姻届を提出した。私と優太の姓は青柳となり、その書類手続きにも振り回されていた。

そして週末はお互いの親と交流する機会を持つため、それぞれの実家に足を運んだ。

たしかにメンタル的にも体力的にも疲れることは多かったけれど、駿はどんなささいな問題でも一緒に考えてくれたので、一人じゃないってことを改めて実感させてもらった。これが本当に嬉しかった。彼と家族になってよかった。駿と夫婦になってよかったと心から思えた。


十一月上旬にもなると、朝晩の冷え込みがグンとつらくなる。この日も彼の実家に遊びに行った私達は、身体が縮こまるような寒い時間帯に帰宅しようとしていた。

「さむい～」

「車まですぐだから我慢して」

寒さに弱い優太は、外の冷たさにとても敏感だ。普段はあまり文句を言わないけれど、この時期は『さむい』という単語をすぐ口にする。

駐車場まで歩きながら駿と苦笑いをしていると、後ろから「お待ちください」という男性の声が聞こえた。

後ろを振り返ると、森山さんがいた。急いで追いかけてきたのか、若干息を乱しているみたい。

「ひゃっ……」

優太はまだ森山さんが苦手なようで、私や駿に抱きつき、彼の顔を見ないように隠れる。森山さんもそれをわかっているのか、私達が彼の家にお邪魔する時は、顔を合わせることがないように配慮しているみたい。でも今日は珍しく、私達と同じ時間帯に来ていたようだ。

そして、申し訳なさそうに両手をこちらに差し出した。

「……これを……」

「えっ？」

「寒いので、お風邪をひかれませんように」

森山さんが両手で差し出していたのは青色のラッピング袋だ。それは私でも駿でもなく、優太に向けられていた。

駿の後ろに隠れていた優太は、それを恐る恐る受け取った。森山さんの表情に笑顔はない。彼の全身からはただならぬ緊張感が醸し出されていて、優太にプレゼントらしきものを渡すと軽く会釈をして「お気をつけてお帰りくださいませ」と言い、足早に立ち去った。

「……優太、それはなに？」

「たぬたぬ！」

「えっ？」

「たぬたぬのまふら！　てうくろ！」

優太が中身を取り出し、目を輝かせている。森山さんがプレゼントしてくれたのは、優太が大好きなたぬたぬのマフラーと手袋だった。

「森山さん、どうしてこれを……？　もしかして、わざわざ優太のために買いに行ってくれたの？」

私がびっくりして駿に問うと、彼は嬉しそうに笑っていた。嬉しくて楽しくてたまらないって感じで。

「森山、昨日いきなり優太の好きなものはなんだって俺に聞いてきてね。それからすぐに買いに行ったんだろうな。あいつなりに優太と仲良くなろうと必死なんだよ」

「そうなんだ……」

森山さんの心遣いは、とてもありがたい。そして彼なりに頑張ってくれているのだと思うと、応援したいという気持ちが大きく膨らんでくる。そうだ、今度、森山さんを家の夕食に誘ってみよう。

私も森山さんともっといい関係を築きたいもの。それにはまず、優太が森山さんを苦手だって思わないようにしないと。

「優太、嬉しい？」

駿がしゃがんで優太と同じ目線になり、優しく質問していた。優太は目一杯の笑顔を振りまいている。

「うん！」

「じゃあ今度、あのおじさんと会った時、ちゃんとお礼を言おうな」

「はい！」

さっきまでの不安そうな顔は嘘みたい。今はもらったプレゼントが嬉しくて仕方がなく、早くつけてほしいって私にせがんでいる。

これなら大丈夫そうかな……これから森山さんのことは、『たぬたぬのおじさん』と呼ぶことにしよう。それなら森山さんも、グッと親しみやすい感じがするよね。

そう思いながらもらったマフラーと手袋を優太につけて、三人で手を繋いで車へと向かった。


車の中で爆睡してしまった優太を抱っこして、二階の寝室へと連れていく。

今日はもうお風呂も歯磨きも諦めて、全部明日にしよう。ため息をつきながら、二階から一階へと階段を下りる。

彼の両親に会うのは楽しいけれど、やっぱりまだ気疲れもする。だからこうして優太が寝落ちしてくれると、本音を言うとものすごく助かっていた。

「お疲れ様」

リビングに入ると、駿がホットカフェオレをいれてくれていて、自分が座っている

ソファの隣をポンポンと手で叩く。

ここに座ってという意味だと理解し、彼にぴったりとくっつくように座った。優太

がいない時、駿の隣は私が独り占めだ。

「カフェオレ、ありがとう」

「いいよ、これくらい。それよりも……」

短いやり取りの後、駿からいきなり抱きしめられた。カフェオレが入ったマグカッ

プに伸ばした手は、彼の腕の中にすっぽりと収まってしまった。

「きゅ、急になに……？」

「ずっと言いたかったことが……いや、言いたくてたまらないことがあったんだ」

「えっ？」

駿は私の額に頬を押し当て、身体も強く抱きしめている。

「真央、愛してる。もうどこにも行かないでくれ」

「駿……？」

私は、いきなりどうしたの……？という視線を向ける。だけど、駿は真剣だ。強く

熱い瞳で私を見つめてきて、二度と離さないという意志を身体中で感じる。

突然の告白に戸惑いを隠せない。しかも、これは普通の会話の中での甘いやり取りじゃなく、駿は真剣な想いを伝えてくれている。

私の中に、妙な緊張感が生まれる。ドキドキと高鳴る心臓の音を身体中に響かせ、私は次の言葉を待つ。

「結婚式を挙げる前に、一番しておかなければいけないことがあったよ。俺、またやらかしちゃうところだった」

「えっ、なに？」

さっきまで真剣だったのに、緊張感のない駿の言葉に笑いがこぼれる。笑った口を左手で覆おうとしたら、そっとその手を取られた。

そして、いつの間に用意していたのか、駿は後ろにあったクッションの下からリングケースを取り出した。

「しゅ、駿？」

「プロポーズ。真央だけに言いたい言葉があるんだ。だから、ちゃんとやり直させて」

小さな箱は音を立てて開けられ、その中身を見せる。そこには小さくてシンプルだけど、最高の七色の輝きを持つダイヤモンドの指輪があった。

「これから、お互いの生涯を終えるまでずっと一緒にいよう。真央。俺と、結婚してください」

吐息がかかるくらいの近い距離で、甘く囁くその声に、私の意識は遠のきそうになる。だって、こんなプロポーズをされる日がくるなんて、四年前は想像もしていなかった。

だけど、今、駿は目の前にいる。私だけを見つめて揺らぎのない真っ直ぐな想いを伝えてくれている。そんな彼に私が答える言葉はたった一つだ。

「……はい！　私も……あなたとずっと一緒にいたい……結婚してください」

言葉を放ちながら、同時に溢れるのは大粒の涙だ。駿は私の涙を指先で拭いながら、頬に唇を押し当てる。

そして私の左手を取ると、薬指に指輪をはめてくれた。

「真央、愛してる。真央も優太も絶対に幸せにするよ」

その言葉に、やっぱり私は言葉よりも行動で返してしまう。

彼の首元に思い切り抱きつき、最大限の愛を込めて誓いの口づけを交わした――。

END

あとがき

はじめまして、またはお久しぶりです。秋花《あきはな》いずみです。

このたびは『別れた御曹司と再会お嫁入り～シークレットベビーの極甘パパは溺愛旦那様でした～』を手に取ってくださり、ありがとうございました！

私にとって初めてのシークレットベビー作品となりましたが、いかがだったでしょうか？

家族愛をテーマにこのお話を書き進めました。子どもが一番。でも自信がなくて頼りないヒロイン像に、読んでいる途中でイライラさせてしまったかもしれません。

ヒーローにも『もっとしっかりしろー！』というご意見が出るかもしれません（笑）。

それでも、最後まで二人とも頑張りました。一番の悪役、森山さんも改心しました。

実は最初に書き上がった時、森山さんはこんなに愛に溢れた人ではありませんでした(笑)。担当様方から頂いた意見やアドバイスを参考に、どんどん感情を持った情にもろい森山さんができ上がっていき、私の中でも大切なキャラの一人となりました。

それでも一番の助演男優賞は優太ではないでしょうか！　優太の存在には、いろんなシーンで癒され、元気をもらい、暗いシーンも明るく朗らかな気持ちにさせてもらいました。

なんといっても、表紙の優太の袴《はかま》姿、めちゃくちゃ可愛くないですか！　パパの駿とお揃いの姿の表紙絵を拝見させてもらった時、叫び声を上げるくらい感動しました。イラストレーターは東由宇様です。素敵な表紙絵を本当にありがとうございました！　改稿作業の時、何度も励ましてもらいました……！

そして、最後の最後まで至らない私にずっとお付き合いくださいました、担当様。お二方がいなければ、このお話は完成しませんでした。本当に本当にありがとうございました！

最後に、ここまで読んでくださった読者様、ありがとうございました。

また次の作品でお会いできることを祈っております。

本当にありがとうございました。

秋花いずみ

マーマレード文庫

別れた御曹司と再会お嫁入り
～シークレットベビーの極甘パパは溺愛旦那様でした～

2022年7月15日　第1刷発行　定価はカバーに表示してあります

著者　秋花いずみ　©IZUMI AKIHANA 2022
発行人　鈴木幸辰
発行所　株式会社ハーパーコリンズ・ジャパン
東京都千代田区大手町1-5-1
電話　03-6269-2883（営業）
0570-008091（読者サービス係）
印刷・製本　中央精版印刷株式会社

Printed in Japan ©K.K. HarperCollins Japan 2022
ISBN-978-4-596-70967-7